夜分長文
イラスト／ゆーにっと
神の加護を
仲間の少女達に譲っていたら
最強パーティが爆誕した件
暇つぶしに
神々を超える
novel
スピラ
JN114623

カレン
Sランクパーティの
魔法使い
ユウリ
革命軍代表

ケネス
Sランク剣士
自称おっさん
リリー
Sランク
パーティの
銃使い

「胸当たってる！
気が付いてない!?　俺おっさん！
セクハラになっちゃうから！」

novel スピラ
夜分長文 イラスト／ゆーにっと
追放されたおっさん、暇つぶしに神々を超える
神の加護を
仲間の少女達に譲っていたら
最強パーティが爆誕した件

contents

プロローグ

「ケネス、君はもう我々『龍の刻印』には必要ない」

早朝。俺は重要な会議があるからと空き部屋に呼び出された。朝から呼び出しってのは珍しいことではなくて、大して急ぎでもないことで、リーダーであるエドに呼び出されるのは日常茶飯事。思い立ったら即行動が彼の考えらしい。

だから今回もどうでもいいことを聞かされる——と思っていたのだが。

「俺を追放？　マジで言ってるのか？」

朝の挨拶もそこそこにエドの口から出た言葉に、俺は思わず聞き返してしまった。まさかそんな話をされるとは思わなかったからだ。

確かに思い立ったら即行動は悪いことではない。しかし俺を追放って……それはあまりにもデメリットが大きすぎるような気がする。

「アナもそう思っているのか？」

もう一人の仲間、もといエドの恋人であるアナに尋ねる。正直、彼女の意見を聞いても意味はないが、少なくともエドよりはまともだと思っているからだ。

「申し訳ないけれど、これが私達の答えよ。あなたは我々Sランクパーティには不要なの」

「ちなみにどうしてか、理由を聞いてもいいか？」

尋ねると、二人は顔を見合わせてくすくすと笑った。

明らかに俺を嘲笑しているとしか思えない笑みである。

「お前は地味すぎるんだよ！　僕達魔法使い二人組と違って、ケネスは地味すぎる！」

「そうそう。地味な人がSランクパーティにいたらさ、恥でしかないのよね」

「は、はぁ。なるほどな」

思わずため息が漏れた。特に反論しようとも思えない。

俺の職業は剣士。そりゃ魔法使いと比べると見栄えのする技もないから地味かもしれない。だが、着実に実力は付けてきたつもりである。事実俺はSランク剣士として、冒険者ギルドにライセンス登録されている。

階級で言えば最高ランクだ。なのに地味だから恥さらしでしかないと言われてしまえば……なんと言うか、何も言えない。

「お前が抜けてくれるとさ、一人当たりに入ってくるお金も増えるんだ。俺達のパーティのイメージを損ねる地味なおっさんは抜けてくれるとありがたいんだけどな」

「そうそう。それに地味なおっさんにも私達と同じようにお金が払われてるって考えると、嫌になるわ」

こいつら……俺のことをそういう風に思っていたのか。仲間のことを思って必死に活動していたのが馬鹿らしく思えてくる。

「分かった。んじゃ俺は抜けるわ」

俺は椅子から腰を上げて、壁に立てかけていた剣を握る。全く、朝から呼び出しを食らったかと思えばこれか。本当に嫌になる。

「おいおい、本当に辞めるのか？　それとも強がっているのか？　ああ？」

「本当は怖いんじゃないの？　これからどう稼げばいいんだろうって？」

どうやら俺がお願いだから追放しないでくれと懇願すると期待しているらしい。しかしなぁ、別にそんなことをする必要もないんだよな。お金なら全く困っていない。二人はデートだったり食費だったり、かなり散財しているが俺は全く使っていない。貯金が趣味なこともあり、二十年は遊んで暮らせるレベルのお金が貯まっている。それに、個人的にもSランクの称号が付与されているからパーティを抜けたところで、ソロで活動すれば済む話だ。

「ああ。怖い怖い。これからどうなることやら」

主に二人の将来が……というのは心の中だけにとどめておく。これまで、俺がパーティの金銭面や依頼の管理などの雑務は一手に引き受けてきた。エドとアナはSランクではあるが、細かい金の計算やスケジュールの管理が壊滅的に苦手だったからだ。

「ふははは！　無様だな！　僕達は愛の力でどうにかするからさ、まあ頑張れよ！」

「死なないようにね～！　クスクス！」

まあ、俺がいなくなっても愛の力とやらで乗り越えてくれるのだろう。

「それじゃ、今まで世話になった。ありがとな」

「じゃあな！　死ぬなよ！」

「頑張ってね～！」

俺はギルド内にある会議室を出て、受付嬢さんに脱退する旨を伝えた。かなり驚いていた様子だが、

「愛の力でどうにかするらしいですよ」

と言ったら苦笑しながら受理してくれた。その足でギルドの酒場に向かい、あいている席に座ると、ぐっと伸びをする。

さて、これからかなり暇になるな。しばらく遊んで暮らすこともできるし、怠惰な生活を送るか。

「なあ。神々の迷宮に挑んだパーティが帰ってこないらしいぜ」

「仕方ねえだろ。ありゃ人間が挑むものじゃねえ」

ふと、酒場にいた他の冒険者の間からそんな声が聞こえてきた。神々の迷宮。それは、その名の通り神々が作りしダンジョンだ。難易度はランクでは振り分けることができない。

それほど危険なものになっている。普通の人間ならそんな場所にわざわざ挑まない、そう普通なら……。

……でも夢を見るのも分かる。クリアすれば神々の加護が与えられるという噂だ。

加護を手に入れた者はどんな困難をも乗り越えられるという。

「あ、そうだ。暇だしチャレンジしてみるか」

俺は前々から神々の迷宮には興味があった。しかしながら、エド達は全く乗ってくれなかったのだ。今はソロである。自由なのである。

のんびりスローライフを送るのも悪くないが、それじゃあ退屈すぎるしな。

「よし、行くか。神々の迷宮に」

第一章　神々の迷宮『エルドラ』

「すまないが、ワシが運べるのはここまでじゃ……ここから先は恐ろしくて進むことができん」

「大丈夫ですよ。逆にすみません、無理を言ってこんな危険な場所まで乗せて貰って」

ガタガタと揺れる馬車の中にて、俺はすまなさそうにする御者の老人に言葉を返す。

例外はあるが、神々の迷宮がある場所は基本的に領地の辺境だったりする。少なくとも今回俺が挑む迷宮は辺境にある。前夜から迷宮近くの村に泊まっているが、この村はかなり酷い。

魔物の影響もあるのか、住民は皆ボロボロの服をまとい、見るからに生きる気力がなさそうだ。それもそのはずで、この近辺に出現する魔物はBランク相当だと聞いている。一般人が住むにはあまりにも危険だ。

しかし、この村に住むしか選択肢がない人々もいるのだ。

多分、迷宮が攻略されない限り彼らの不幸な生活は続くだろう。

神々が作った迷宮だってのに、人間に不幸を呼び寄せるなんて笑えない話だ。

「それじゃ俺はここで降ります。帰りは……待っててくれたりするんですか？」

「帰りを待つのは御者の務めだ」

「了解しました。まあ、三日くらいしても帰ってこなかったら死んだと思ってください。俺のことは気にしなくてもいいので」

そう言って、馬車から飛び降りると御者さんが声をかけてきた。

「聞いてもいいか？　お主はどうして神々の迷宮なんぞに挑む。確かに攻略することができれば一躍英雄じゃ……が、危険が……」

「理由ですか。そうですね、暇だからですかね？」

「ひ、暇⁉　本気で言っておるのか⁉」

「それ以外に理由がないしなぁ……」

これ以上の理由を聞かれると、適当に言葉を用意するしかなくなる。

苦しんでいる人々を救うため……だとか？

「全く、分からないものじゃ。よいよい。それでは行ってこい。帰ってきてくれよ。死なれたら寝覚めが悪いからな」

「分かってますよ。ありがとうございます」

そう言って、俺は地面を蹴る。迷宮まで全力ダッシュだ。

俺が現在目指している神々の迷宮は『エルドラ』と呼ばれている。名前の由来は大抵、昔からの言い伝えだ。誰かの趣味だろう。知らんけど。

『ギシャァァァァ‼』

木陰から飛び出してきたオークが俺の前に立ちはだかる。ランクにしてBだろう。

それくらいの実力は感じ取れる。

「よっと」

俺は剣で薙ぎ払い、相手の体を真っ二つに斬り倒す。一瞬の出来事だ。

オークも状況が理解できなかったのか、呆然としていた。

「やっぱり魔物が多いな。さすがは神々の迷宮付近だ」

◆

何体、魔物を斬り倒してきただろうか。分からなくなった頃、目の前に巨大な洞窟が現れた。

ようやく神々の迷宮『エルドラ』に到着したようだ。洞窟の中からは異様な雰囲気が漂っていた。

「これは……すごい圧だな。久しぶりに緊張してきた」

抜いた剣を片手に、洞窟に一歩足を踏み入れた瞬間のことだ。

神々の迷宮『エルドラ』へようこそ
我々、神に挑みし勇気ある人間よ

目の前にそんな文字列が浮かび上がった。

何だこれ。すげえな。こんな出迎え方をしてくれるのか。

しかしながら神々の迷宮は危険です
すぐに引き返すことを——

とりあえず面倒くさそうなので剣で斬り落とした。

文字列は簡単に霧散した。

「よし。待ってろよ『エルドラ』」

改めて剣を握り直し、中へと侵入する。トラップがいくつも仕掛けられているが、大抵斬り倒してどうにかした。力こそパワーである。しかしながらこの階層は魔物の気配が少ない。

まるで誰かに荒らされた後のようにも思える。

「あ、そういえば何か言ってたな」

ギルドの酒場にいた奴らが神々の迷宮に挑んだ人間がいると言っていた。もしかすると、そいつらが荒らした後なのかもしれない。……でも帰ってきてないって言ってたしな。

「もしかしてこの階層、最奥で何かあったのか？」

ダンジョンは基本、階層に分かれている。特に難度の高いダンジョンは何階層もあったりする。階層ごとにボスがいることもあるし、もしかしたら帰ってきていないパーティの連中はそこで足止めを食らっているのかもしれない。ひとまず奥へ……。

「誰ですか！」

「止まらないと撃つわよ！」

突然、奥の方から声が聞こえてきた。遠くから響いてくる声。声からして女性なのは間違いない。そして、撃つってことは相手は遠距離武器。少なくとも銃を持っている可能性が高い。

「俺は人間だ！　何もしない！」

斬り倒すこともできるが、無駄な争いは嫌いだ。それに人間を斬るのは俺のすることではない。

剣を鞘に納め、両手を上げて前進する。

「リリー……多分相手は味方です」

「そうっぽいわね……ごめん、カレン。肩を貸してくれない？」

洞窟の奥から声がして人影が見えてきた。二人の少女だ。

それに彼女達の傷を見る限り、負けた――と考えていいだろう。

「俺はケネス、このエルドラに挑みに来た暇人だ」

「私はカレンです……で、隣にいるのがリリー」

「初めまして。どうやら人間みたいで安心したわ……いっ！」

「おい、大丈夫か？」

カレンという人物はマシだが、リリーはかなりの傷を負っているようだ。

腕からは赤い液体――血が流れ落ちている。

「大丈夫じゃないな。ちょっと待っててくれ」

そう言って、俺はポーチからエリクサーを取り出す。リリーに近付き、飲むよう促した。

「エリクサー!?　これ、かなり高価な物じゃない！　そんなの飲めるわけ――」

「飲まないと死ぬぞ。それに俺は問題ない。こういうのは仕事柄大量に持ってたんだ」

Sランクパーティでは強敵に挑むことは少なくない。そのため、いくつかのエリクサーを俺が管理していた。これはくすねてきた物の一つである。

「……ありがとう」

どうにか受け取ってくれて、リリーはエリクサーを飲み干した。すると、すぐに傷が癒えていき、完全に止血することができた。さすがはエリクサーだな。高いだけある。

「すごい。エリクサーなんて高価だから初めて飲んだわ」

「ありがとうございます！　本当に、死んじゃうかもって心配してたんです！」

「いいんだよ。気にしなくていい」

実質盗んできた物だし。まあ、いきなり追放されたんだ。これくらい退職金がわりに貰ってもいいだろう。

「で、二人はどうしてこんなことになったんだ？」

周囲を見渡して、状況を確認する。俺の意図を察してくれたのだろうか、リリーが頷く。

「あたし達は名を上げるために自ら神々の迷宮に挑んだSランクパーティ『希望の道』。第一階層の攻略は順調に進んでいたんだけど、階層主に勝てなくてこの惨状になったのよ」

「なるほど、な。でもSランクパーティならわざわざ神々の迷宮に挑んでまで、名を上げる必要はないんじゃないか？」

Sランクパーティなら、依頼がなくて困ることなど基本ないだろう。

「そういうわけにもいかないのよ。あたし達の夢は……それじゃあ足りない」

「夢か」

確かに神々の迷宮は夢を抱いて挑む者が多い。そして、夢を抱いたまま散る。彼女達は帰還できただけでも奇跡だろう。さすがはSランクだ。

「あまり理由は聞かないけど、無理はしない方がいい。死んだら元も子もないからね。それじゃ、俺は先に行くよ」

俺が手を振りながら、彼女達を置いて洞窟の奥へ向かおうとすると、いきなり肩を摑まれた。振り返ると、リリーが肩で息をしながら俺のことを見ていた。

「あなた……強いでしょ」

「……さぁ。どうだろう」

「あたし達も連れて行ってくれない？　お願い」

「見知らぬ人間に夢を託すのか？」

と言うと、カレンは慌てた様子でリリーに駆け寄った。

「リリー……！」

しかしリリーはカレンを制し、悲愴な表情で見つめてくる。

「お願い。あなたしか頼れる人がいないの」

頼れる人がいない、か。俺は暇だからって理由で攻略に乗り出したわけだから誰かに頼られるのはな……。

――苦しんでいる人々を救うため……だとか？

その時、馬車で御者さんに言いかけた言葉を思い出す。

まあいいか。たまには人助けするのも悪くないだろう。

「分かった。なら一緒に攻略しよう。夢を託されるほど偉い人間ではないが、手伝うことはできるかもしれないしな」

「本当⁉」

「本当ですか⁉」

二人が興奮した様子で抱きついてきた。思わず仰け反ってしまうが、それほど嬉しかったのだろう。しかし二人はかなり若そうだ。水色の髪を肩辺りで短く切りそろえているリリーは元気いっぱいな……それこそ十五、六くらいだろうか。カレンはカレンで金の髪を腰辺りまで伸ばし、落ち着いた様子ではあるが、リリーと同じくらいには若く見える。

おそらく、というか間違いなく俺よりかなり若いだろう。

「それじゃ、行くか。階層主は？」

「特殊個体のオーガ。属性は炎よ」

俺の右側にいたリリーが銃を構えながら答える。

「どれくらい体力を削った？」

「あまり……多分今頃回復していると思います」

今度は左側にいるカレンが杖を掲げて答えた。

「十分だ。攻略開始としようじゃないか」

俺は剣を構えて改めてリリーを振り返る。

「この奥にいるんだな」

「ええ。この先にいるわ」

「間違いありません」

俺は巨大な扉を前にして、聞いた。ザ・階層主がいる部屋って感じがしたからだ。

「リリーは銃使いってのは分かるけど、カレンの職業は？」

「魔法使いです」

「オーケー。その職業の奴らと一緒に行動するのは慣れている」

んん？　と首を傾げるカレンであったが今はいい。まず第一目標はオーガの討伐だ。

「俺が扉を開けたらリリーは銃で牽制。カレンは念のため俺にバフ魔法を頼む」

「分かったわ」

「了解です」

息を整え、扉に手を当てる。

「それじゃ——頼んだ！」

思い切り扉を開き、俺は全速力で部屋に突入する。

同時に銃声とバフ魔法が俺に届いた。目の前には特殊個体のオーガがいる。通常特殊個体は肌が緑色なのだが、こいつの肌は紅色に染まっていた。リリーの銃が放った弾丸がオーガの体を貫き、確かにダメージを与える。

——ギシャアアアアア！

だが、微々たるものだ。もしこれで大ダメージを与えることができていたら、きっと攻略はもう済んでいる。攻撃強化バフが確かに体に付与されているのを確認した後、オーガに向かって駆ける。剣を引き抜き、地面を蹴る。

「はぁぁぁぁぁ‼」

宙に跳び上がり、オーガに向かって一閃。煌めく剣先がオーガの腕を斬り落とした。

「す、すごい‼」

「一撃で……⁉」

「まだ終わりじゃない！　リリーは俺のことを気にせず撃ち続けてくれ！　カレンも魔法弾を！」

「分かったわ！」

「了解です‼」

背後から飛んでくる銃弾と魔法弾を避けながら、オーガとの距離を測る。

相手が攻撃できない距離を一定に保ちつつ、討つタイミングを探す。

――ギシャァァァァ！

咆哮。同時に、炎のブレスがこちらに向かって放たれた。

「うお⁉」

地面に手をついて、バク転。どうにかブレスを避ける。

そうだった。こいつは特殊個体だ。何をしてくるか分からないという認識が抜け落ちていた。

「ひゅー危ない危ない。ちょっと油断した」

さすがは神々が作りし魔物だ。特別なことをしてくる。

「でも、これで確定したな。こいつの属性は炎単体だ」

もしかしたら他の属性も持っているかもしれない。そう危惧していたのだが、銃で撃たれても炎のブレスを放つだけ。それなら話は早い。俺がするべきことは決まっている。炎の弱点は何だ。

答えは簡単である。水だ。

「《水流斬》」

水をまといし剣を構え、俺は相手に一撃を与える。弱点属性による攻撃は魔物にとっては致命的だ。俺が放った一撃はオーガを斬り伏せ、見事討伐が完了した。

「これで第一階層は終わり……っと」

剣を鞘に納め、ふうと息を吐いた瞬間。

「すごすぎるわよ‼」

「ヤバすぎます‼」

「ちょっと⁉」

勢いよく飛びついてきた二人に動揺してしまう。両脇からぎゅっと体を掴んでいて、どんなに抵抗しても離してくれない。

というか、胸当たってる！　気が付いてない⁉　俺おっさん！　セクハラになっちゃうから！

「やっぱりあなたを信じて正解だったわ！」

「やりましたね、リリー！　ケネスさんは私達の英雄ですよ！」

「英雄って……俺はそこまですごくないっつの」

困りながら、二人を無理やり引き剝がす。

「いや、英雄よ。ねえケネス。あたし、信じてるから」

ぎゅっと、腕を握られる。リリーは相当、意思が強い娘だ。

「ああ〜まあ任せてくれ。そうだ、聞きたいことがあるんだ」

ずっと引っ付かれているのも困るので、話を変えることにする。

「俺も無責任に夢を預かるわけにはいかない。もしよかったら、お前達の夢を教えてくれないか？」

第一階層は殲滅。まあ雑魚はそこら辺に湧くかもしれないが、基本的に主部屋はセーフゾーンになる。俺は話のどさくさに紛れてリリーの手を離すと、その場にあぐらをかいた。二人は律儀にも正座をした。少し歳の差もあると思うから、話し言葉には気をつけないとな。何だろう最近の流行って。

〇〇やってみた系……とか？　何かそういう類の記録みたいな日記（？）が売れていると聞いている。

「夢、だよね」

「ん？　あ、ああそうそう」

いや、今は必要ないか。考えすぎだな。俺自分でおっさんって言ってるけど、まだ若いと思うし。思うし……何落ち込んでんだ俺。

「あたし達の夢は『人々の心に刻まれる』人間になること。それこそ、あなたのように誰かにとっての英雄になりたいの」

「そうです。だからこそ、私達は頑張ってSランクにまで成り上がりました。でも……」

「それじゃあ足りなかったたってことか」

Sランクは確かに最高ランクではあるが、それは『一般人』が到達できる最高ランク。国王に認められた聖女や勇者、賢者という更に上の階級だってある。

その人達こそ、誰かの心に刻まれる英雄だろう。まあ、Sランクに到達する時点で一般人とは言えない部分もあるが。

「それで神々の迷宮に挑んだってことか。狙いは攻略すると与えられると言われている加護。それか？」

「ええ」

「そうです」

なるほどなぁ、と天井を見上げる。それにしてもチャレンジャーなことをするものだ。なんせ、あくまでそう言われているだけなのだ。誰も攻略したことがないから神々の迷宮と呼ばれている。冒険者から見れば夢が詰まった場所。対して、一般人にとっては危険な魔物が棲まう恐ろしい場所だ。皮肉なものだな、と思う。ともあれ、夢を抱くのに納得がいくほどの言い伝えはあった。俺は単純に暇人だから挑んだってだけなんだけど。

「俺がどこまで行けるかは分からないけど、理由は分かった。まあ存分に俺を使ってくれ。君達の夢は素晴らしいと思うしさ」

俺と違って夢を抱いている。それだけでも眩しいし、正反対だなと思う。

「ありがとう。あたしも全力で頑張るわ。頼りっぱなしもだめだしね」

「私も全力でやります！　命、燃やします！」

「死なない程度にな。死んだら何もできなくなる」

そう言って、よっこらせと立ち上がる。

「さて、第二階層だ。できれば浅いダンジョンだとありがたいんだけどな」

「信憑性は微妙だけど神々の迷宮は浅いことが多いらしいわよ。何か、冒険者の間で話題になってた」

「何だそれ。神様とやらの情けか？」

「さぁ。でも、少なくとも神々の迷宮は攻略されたがっていると思っているわ」

「なるほどな。攻略されたがっているか、不思議な言い回しをするもんだ」

もしそれが本当なら面白い話である。攻略されたがっているダンジョンなんて普通は存在しないだろう。リリーの言った言葉を反芻しながら主部屋の壁を触っていると、第二階層へと続く階段が現れた。

「よし。軽くやっていこう」

「軽くって……多分ここの階層を乗り越えたの、人類であなたが初めてよ？」

「そうですそうです。未踏破エリアですよ」

「ああ……まあ別に未踏破エリアはレアじゃないだろ。どのダンジョンだって最初は未踏破なんだから。既にクリアされているか、まだされていないかの違いだ」

「本当にケネスのことは分からないわ……話についていけない」

「同じくです……推し量れない……」

どうやら俺の性格は難ありらしい。まあ自覚していることだ。捻くれ者だと思う。悲しきかな。

「って早速だな！」

壁から舞い降りてきたブラックバットの攻撃を、咄嗟に避ける。

「今のよく避けられたわね⁉」

「どうやって避けたんですか⁉」

「こんなことで、いちいち驚いている場合じゃないぞ！　戦闘だ！」

ブラックバットは通常種、それほど脅威ではない。ランクで言えばC程度。一般冒険者でも倒せるような相手である。

しかしながら、

「よっと」

この個体はどうやら特殊らしい。動き、攻撃、全てにおいて通常種とは異なっている。ランクで言えばBランク相当と見ていいだろう。

「当たってください‼」

「穿て！」

ブラックバットに向かって銃弾と魔法弾が放たれる。さすがはSランクパーティ。相手に対して完全に優位に立っている。

少し未熟な部分も見られるが、エドやアナよりよっぽど頼もしい。

「ナイス攻撃だ！　後は任せてくれ！」

俺はすっと身構え、剣に手を当て深く息を吸う。酸素を体全体に行き渡らせ、精神を研ぎ澄ませる。

相手は複数体。なお、空を飛び交っている。剣士にとって、これほど不利な状況はないだろう。が、その程度、暇人の俺にとっては何のことでもない。

「斬り伏せる‼」

俺が放ったまるで糸のように細い剣筋が、空気を斬り裂く。先程まで舞っていた複数のブラックバットは為す術もなく、次々と地面に落下していった。完全に討伐が完了したのを確認した後、ふうと息を吐く。

「オッケー。これで雑魚はお片付け完了っと」

剣を鞘に納め、何も考えずに前へ歩き始めると、隣に急ぎ足で二人が並んできた。

何だ何だと思いながらも、俺は足を止めずに進む。

「あのさ。あれって特殊個体だよ」

「そうだな。本当、神様は面倒な魔物を生成するな」

「通常個体と違って、特殊個体はほぼ神々の迷宮にしか出現しないから能力や生態などの情報は不明です」

「ああ。俺も知らないわ」

「やっぱりあなた、人間じゃない？　魔族だったりする？」

「んん？　俺が魔族かだって？　いや、普通の人間だけど」

答えると、二人は首を傾げるばかり。あれ、何かおかしなことでも言ったかな。

……！　そうだ。俺とこの二人では歳の差がある。もしかして、おじさん臭いことでも言ってしまったか⁉　それは……恥ずかしいな。ええと、どうしよう。

「魔族なわけないじゃん。ほら、見てみろ。どっからどう見ても人間だろ？」

ふんす、と腕を組んで人間アピールする。

「あはは。魔族ならこんなことしないわね」

「やっぱり化け物染みた人間さんですね。魔族ならきっと、『バレたか！　ククク……』なんて言いながら私達襲われてます」

「当たり前だ。もし魔族なら今頃ズタズタになってるぞ」

笑いながら、ダンジョン攻略を進めていく。パーティの人間関係がぎくしゃくしてしまうとデメリットしか発生しない。俺が元いたパーティ『龍の刻印』は基本ぎくしゃくしていた。

大抵、何をするにも俺とエド達とに温度差があることが原因だった。エドとアナは恋人同士である。対して俺はその中に入り込んでいる部外者。まあ、めちゃくちゃ二人のために貢献してきたつもりだけど雰囲気は悪かった。

「そう考えてみると、今の環境は悪くないかもな」

「どうかした？」

「何かありましたか？」

「いや、なんでもない。ちょっとした独り言だよ」

俺はただの暇人。若くて可愛い彼女達のお手伝いだ。全く、思考がおっさんだな。

「で、ここが第二階層の主部屋っぽいけど――」

「攻略速くない⁉」

「速すぎませんか⁉」

「え？　そうか？」

俺が主部屋の扉をコンコンと叩いていると、驚愕の表情を浮かべる二人。

簡単に魔物を一掃できたんだから、速くて当然だと思うけど。

「もしかして緊張してる？　それは駄目だな、深呼吸大事だぞ。腹式呼吸って知ってるか。これ、めちゃくちゃ冷静になれるぞ」

「分からない……分からないわ……」

「すごすぎて、理解が追いつきません……」

「どうした？　腹式呼吸の方法知らないか？」

俺が尋ねると、

「知ってるわ。これは腹式呼吸する必要がありそう」

「私もします。腹式呼吸……腹式呼吸……」

「いいないいな。冷静になれよ」

主部屋前で腹式呼吸する二人組を眺めながら、俺は扉に耳を当てる。足音的にかなりの巨体だろうな。まあ問題ないか。どうにかなるだろう。

「準備できたか？」

「ええ。腹式呼吸、バッチリよ」

「準備万端です」

「よし。んじゃ、扉開けるぞ」


「……うっわ。気持ち悪いな」

扉を開けると、そこにはワームの姿があった。見た目は一見、大きなミミズだ。

通常種でもランクはかなり高く、これも間違いなく特殊個体だろうからＳくらいはあるんじゃないだろうか。

「うげっ⁉　本当に気持ち悪い……」

「と、とりあえずバフを付与します！」

神々の迷宮とは言うが、どうやら神様とやらの趣味はかなり悪いらしい。

もっと神聖と言うか、輝かしい魔物でも配置してくれたら嬉しいんだけどな。

まあそんな魔物なんて滅多に存在しない。わざわざレアな魔物を配置するより、通常種をいじって配置する方が神様とやらも楽なのだろう。神様も手抜きをするんだな。

「リリー、カレン。銃撃戦は好きか？」

「え？　ま、まあそりゃ銃使いだから多少は」

「私も一応魔法使いなので……」

「よし、なら戦略は同じだ。全力で撃ちまくれ」

俺は手を掲げ、じっと相手を見据える。

「それじゃ――放て」

合図と同時に弾幕が飛び交う。戦略は同じ、とは言ったが厳密に言えばさっきとは状況が違う。

「うわっ⁉　なんか撃ってきてた！」

「相手も口から魔法弾放ってきてるから全部撃ち落とせ！」

遠距離型と近距離型の魔物では見た目が違ったりする。細かな違いなので、Sランクパーティであろうと知らないことが多いが一応俺は区別することができた。違いは二つ。

体型と動き方だ。近距離を得意とする魔物は機敏な動きをするため、体型が細かったり太っていても足腰に筋肉がかなりついていたりする。

そしてもう一つ。これが大きな点だが、遠距離型は動きがのろまなことが多い。しかし離れていても相手を狙える特定の位置をキープし、確実に死に至らしめる行動をしてくる。少し曖昧な線引きだが、大方俺の読みは当たることが多い。今回もビンゴだった。そして相手は土属性単体。相性がいいのは風である。

カレンもそれを察したのか、すぐに魔法弾の属性を風に切り替えていた。

さすがだ。エドならきっと無属性の魔法弾を撃ち続けていたことだろう。

――ゴォォォォオオ⁉

ワームは自分が放った魔法弾が全て撃ち落とされ、困惑している様子だった。完璧だ。これでいい。さすがはSランクパーティ。夢を語るだけある。尚更協力しない理由がなくなった。

「とどめは俺が差す！」

飛び交う銃弾を避けながらワームへと近付く。剣に手を当て、属性を付与する。

すうと息を吸い込むと、剣の周りを可視化された風が舞い始めた。属性付与完了。

後は――

「《風神逆鱗》ッッッ！」

地面を蹴り、相手の頭上へと跳躍する。剣のグリップを両手で持ち、相手の頭上から思い切り――突き刺す。

「はぁぁぁぁぁぁぁぁぁ‼」

轟音と共に、ワームが斬り裂かれていく。勝負はいつも一瞬で決着をつける。

無駄な動きはしない。

それが暇人である俺のやり方。俺に抗うこともできずに、ワームは完全に動きが止まった。

「これで討伐完了。第二階層もクリアだな」

「さっすが！　ねねっ、ずっと気になってたんだけど、ケネスって毎回剣に属性を付与してるわよね？」

「ああ。そうだけど」

「それって魔法も使えるってことだよね？」

「多少はな」

「それ、普通じゃないの知ってる？」

「そうなのか？」

倒れたワームを前に、俺は首を傾げる。すると二人は何度も頷いた。

あれ、これってそんなにおかしいことなのか？　昔からこのやり方でやってきたしなぁ。

「俺は別に普通なんだけどなぁ」

「普通だと、階層主を簡単に討伐することなんてできないわよ……」

「ん？　なんか言ったか？」

「なんでもないわ。あなたが化け物染みた化け物って言っただけ」

「それ、普通に悪口じゃね？　それだと単純に化け物じゃん」

面と向かって悪口を言われて悲しくなった俺は、頭をかく。

「まあいいや。とりあえず次の階層へ――」

瞬間、床がミシミシと音を立て始めた。慌てて足元を確認すると、床に大きなひび割れが発生している。

「やべえ……！　俺ちょっとやりすぎたかもしれねえ！」

「ちょっと待って⁉　落ちるの、これ落ちるの⁉」

「床抜けますよね⁉　絶対抜けますよね⁉」

神々の迷宮は踏破した人間がいない。永い間、誰も通ったことがないため、間違いなく、何かしらの欠陥が発生していたのだろう。神様の野郎……もしいるなら整備くらいしておけよ！

「カレン！　物理耐性のバフを頼む！　とびきり強力なのを！」

「分かりました！　《物理耐性強化》！」

俺達は肩を寄せ合い、唇を嚙み締める。

「落ちるぞ！」

瞬間、体が重力に則って落下を開始した。土煙と瓦礫。ワームの死体と一緒に俺達は真っ逆さまに落ちていった。どうにか体勢を立て直そうとするが、上手く体のコントロールが利かない。そりゃそうだよな……自由落下なんて経験したことねえんだから。というか普通はしない。

空に浮かぶ魔法が使える奴は別だが、俺は生憎とそこまで万能ではない。

二人も同様だろう。カレンに少し期待していたが、この様子だと浮遊魔法は持っていない。

「落ちるところまで落ちるしかねえな！」

俺は歯を食いしばり、目を思い切り瞑る。物理耐性強化は付与されているが怖いもんは怖い！

――ガシャァァァアアン！！

轟音と共に、どこかの床に思い切り落下する。瓦礫《がれき》が音を立てて崩れ去り、パラパラと土が降ってきているようだ。

「ギリギリ耐えられたな……ってなんだここ」

「ええ……あれ？」

「ここどこですか？　壁もない……真っ白な空間です」

俺達は床に落ちた体勢のまま、辺りを見回して呆然としていた。怪我をしていないことをまず喜ぶべきなのだろうが、今俺達がいる空間が異質すぎるのだ。カレンの言っている通り、真っ白な空間。

壁もなんの隔たりもない、無限とも思える空間だ。まず最初に自分の目を疑った。

だが、全員が同じ景色を見ているようだ。

「これは……どういうこった――」

立ち上がった瞬間、目の前に閃光が走った。思わず目を細め、身構える。

『まさか、神聖な床を破壊する人間がいるなんて。私、本当に驚きましたよ』

とはいえ整備をサボっていただけなのですが、とぼやきながら頭をかき佇む長髪の人物がいた。男とも女とも取れる容姿に声。白く輝かしい衣装に身を包んだ人物はこちらを見る。

『私はエルドラ。ここを作りしマスターであり、皆様が困った時に祈りを捧げている神です』

「おいおい……マジかよ」

神々の迷宮だとか、神様だとか。正直俺は微塵も信じていなかった。

でも、目の前に現れた人物は神と名乗った。信じられない気持ちもあるが、周囲の空間を見れば異様なのが分かる。少なくとも、相手は人間ではない。

「神様っているんだな。驚いたわ」

『ええいますよ。人間が信じる限り存在しています』

「その人間にあんたが作った場所で危害が加えられているようだが、神様って奴は趣味が悪いのな」

『神の遊びですよ。少しお茶目なだけです』

こいつ……気に食わねえな。俺は暇人だからここにいるわけだが、生憎と正義感というものは少しばかり残っているらしい。

「で、マスターってことはお前を倒せば迷宮はクリアになるってことか」

『その通りです。愚かにも神に挑みし人間よ、まずは褒めてあげます。ここまで到達した人間は幸か不幸かあなた達が初めて。いや、世界に存在する神々が作りし迷宮で初めて神のいる部屋――私が居座るこの場所に到達した人間でしょう』

「褒められてるぞ、二人とも」

二人に話を振ると、リリーが一歩前に出る。

「あなたを倒せば……夢が叶うのよね」

『夢と言いますか、加護を与えます。力を与えるのです。ただし、あくまでも人間が勝てば、の話です』

カレンがリリーの隣に立つ。

「なんでもいいです。私達はあなたを倒します」

そう言うと、エルドラは目を細める。

『いいでしょう。それでは勝負をしましょう。人類史上、初めての神との戦いです』

エルドラがそう言うと、どこから出てきたのか彼の手に槍が握られる。巨大な槍だ。彼の身長の二倍ほどの長さである。

「二人とも、俺は暇人だ。気まぐれでここにやってきて、たまたまお前達と出会った」

そう。俺はただの暇人だ。

「でもな、何度でも言う――俺はお前らの夢が気に入った！　全力でやるぞ！」

「もちろん」

「はい‼」

俺達は剣を、銃を、魔法の杖を。持っている己の武器を構え、神と相対する。

『来なさい。己の夢を強欲にも掴もうとする人間よ』

「さあ、暇人とお茶目な神。どっちが強いか戦おうじゃねえか！」

相手の情報は皆無。そもそも魔物と同じように属性があるのかも分からない。

だが――暇人の俺にとってはこれくらい面白い戦闘の方がやる気が出るってもんだ。

「カレン！　全力でリリーと自分に強化バフを！　俺は気にしなくていい！」

「で、ですが！」

「相手は神様なんだぜ！　油断してるとせっかくの命が奪われちまうぞ！」

「分かりました……！」

エルドラは動かない。ただ槍を持ち、にこやかに構えているのみである。せめてもの猶予でも与えてやろうということだろうか。なら、それがお前の敗因になるってことを知らしめてやらねえとな。

リリーにバフが付与されたのを確認する。

「リリー！　お前は――準備してろ！」

「ええ⁉　何を⁉」

「なんでもいいから飛び切りのやつを準備しろってことだよ‼」

俺は剣を構えながら、エルドラの方へと駆けていく。何もない白い空間を突き進み、着実に距離を詰めていく。

『人間風情が無駄なことです』

「それはどうかな‼」

槍と剣がぶつかり合う。衝撃波が辺りの空気を震わせる。

「す、すごい……」

「これが……ケネスさんの力……バフなしですよ……？」

剣に思い切り力を込め、槍を薙ぎ払う。

『むっ』

槍が大きく後方にブレ、相手の体が仰け反った。しかしすぐに体勢を立て直し、目の前に瓦礫の壁を生成する。俺とエルドラの間には巨大な壁が立ちはだかった。

「すげえことするじゃねえかよ」

やっぱり人間ができる技を超えているな。こんな壁を生成されちゃあ攻撃できねえじゃねえか。

『少し油断しましたが、これくらいどうってことありません。分かりますか、これが我々と人間の間にある越えられない壁です』

壁の向こうからエルドラの声がする。なるほど。面白い表現をしやがる。

「越えられない壁か。確かにこんなどでかい壁作られちゃあ、そっち側には行けないな」

【一般人】じゃ越えられない壁だよ本当。

「でもな」

【一般人】じゃ越えられない。確かにそうだ。だが――残念ながら俺は一般人じゃないんだ。

【一般人】は暇を持て余してなんかいないさ。

ましてや命を粗末にするような真似なんかしない。それこそ、無謀にも神々の迷宮に挑もうとする【一般人】なんて――俺は違う。

「俺は――【暇人】だ」

剣を宙に投げ飛ばす。

「リリー！　俺の剣を狙って超強力な弾丸を打ち込め‼」

「――分かったわ！　特別製、五十五口径弾丸！　行け‼」

リリーが持っていた銃が大きく変形し、巨大な武器になる。そして――放たれた弾丸は俺の剣に直撃する。膨大な威力に後押しされ、剣が加速する。

『な……⁉』

弾丸に推された剣は轟音と共に、壁に当たる。

あれほど分厚く、高かった壁にヒビが入る。そして――木っ端みじんに破壊された。

「行けぇぇぇぇぇぇぇ！！！！」

『な、なぁぁぁぁ⁉』

俺が投げた剣がエルドラの胸に突き刺さり、膝から崩れ落ちる。

けたたましい轟音がなりやむと急に静かになった。

「はぁ……やったの……？」

「やりましたか……？」

近付こうとする二人を制して、俺はエルドラに歩み寄る。彼の腹に刺さった剣を抜く――瞬間のことだった。

『ふふふ……見事でした。よく神である私を倒しましたね』

そう言ってエルドラがむくりと立ち上がるが、姿は朦朧としている。今にも消えてしまいそうな、溶けてしまいそうな。半透明な体を無防備にさらしている。

『私の負けです。人類史で初めて、神が人間に敗れました』

「そうか。これで神々の迷宮『エルドラ』は攻略完了ってことか」

『ええ、そうです。攻略完了ということになります』

そう言って、エルドラは人差し指を立てる。すると、何か球体のような物が浮かび上がった。

『攻略報酬です。私が消え去る前に約束の加護を与えましょう』

そう言って、俺に近付いてくる。

「いや、俺はいらん」

『え……？』

「だから、俺はいらない」

『本当に言っているのですか？』

エルドラは困惑した様子で首を傾げる。

『一番活躍したあなたに加護を与えようとしていたのですが……』

「それなら二人にあげてくれ」

そう言って、俺は振り返った。

『まさか神々の力を欲しない人間がいるなんて……人間は皆強欲で愚かな生物と思っていましたが、あなたみたいな面白い人間もいるのですね』

「お前はいい加減人を見下すのを辞めろ」

『神が人を見下さないと誰が下々を――』

とりあえず一発しばいておいた。

『神を殴るなんて……やはり人間は愚かだ……』

「俺が愚かなだけだ。んで、言い方的に誰か一人にしか加護は与えないんだろ？　カレン、リリー、後は任せるわ」

俺は暇だから神々の迷宮に挑んだだけ。別に神々の加護だとか、そんなのには全く興味がない。

俺に話を振られた二人は顔を見合わせて、悩む素振りをする。

しかし、すぐにカレンが声を上げた。

「リリーにお願いします。彼女、一番活躍していましたから」

「ええ⁉　いいの、本当に⁉」

「いいです。私はまたいつかの機会にでも。今回はリリーが一番でしたし」

「……分かったわ。ありがとうカレン」

どうやら二人の間で話がまとまったらしい。俺はちらりとエルドラの方を見る。

『分かりました。それでは、リリーに加護を与えましょう』

そう言って、リリーに近付く。

今までのこともあって少し警戒するが、敵意は今のところ感じられない。

特段問題が発生したりはしないだろう。

エルドラがゆっくりと身体の前で手のひらを開くと、そこには小さな球体が載っていた。そのまま球体を軽く指で弾くと、リリーの中へとすっと消えていく。一瞬だけ、彼女の体が光に包まれる。

『あなたにはミスリル合金弾丸の錬成を可能にする加護を与えました。どんな物でも打ち抜くことができる弾丸です』

「ミスリル合金……硬度や威力に特化した弾丸……」

『ええ。おめでとうございます』

そう言って、エルドラが満足げに笑う。気のせいか、さっきより更にその姿が薄くなっている気がする。

「で、消えるのか。お前は」

俺が尋ねると、エルドラは首肯する。

『天界に帰ることになりますね』

「へぇ。加護を与えてくれたのはありがたいが、この迷宮の周辺に住んでいる人間に迷惑かけといて、俺に倒されたお前は、死んだ後も天界ね」

俺はここへ来る途中に見かけたボロボロの住民達を思い出す。

『それはどの神々も同じことですよ――』

「子供みたいな言い訳すんな……！」

今度は首を絞めて拘束する。エルドラはバタバタと体を動かし、腕を叩いてきた。

『ごほごほ！　申し訳ないと思っています。しかし……神々の迷宮は愚かな人間を罰するためにあります』

エルドラはもっともらしいことを言う。

「その影響で魔物が増えて周辺の住民が苦労しても仕方ないってことか？」

『だから果敢にも迷宮に挑み攻略できた人間は神が認め、褒美を与えてる……と言っても、攻略できた人間はあなただけですが……げほっ』

涙目で俺を見つめるエルドラを解放してやる。

「よく分かんねえけど、結局のところ神は攻略に成功した人間にしか褒美はくれないんだろ？　全く、迷惑にもほどがあるな。こんなこと知ったら、真剣に神に願っている人達はどうなることやら」

『……もし不満なのであれば、他の神々の迷宮も攻略してみてください。あなたが他の神々の迷宮も破壊するのであれば……』

「破壊ねぇ。まあ暇だからやってみてもいいかもだけど」

俺は頭をかきながら、嘆息する。

「まあ暇人の遊びにはちょうどいいかも——」

ちらりとエルドラの方を見ると、姿が完全に消えていく途中だった。別に驚くわけでもなかったが、そうか本当に消えるのか。最後まで変な奴だったな。瞬間、真っ白な空間に光が走る。

思わず目を細める、しばらくして目を開けると森の中にいた。ここは……神々の迷宮の入り口か。

目の前には洞窟があったが、中に入る前と違ってかなり小さな物だ。

完全に迷宮は消失したと言ってもいいだろう。

「んで、よかったな。二人とも」

茫然と洞窟の入り口を眺めていたリリーとカレンに声をかける。

「ケネス、すごいよ！　本当に神々の迷宮を攻略しちゃったよ！　これで、また誰かの役に立てるかもしれない！」

「本当に嬉しいです！　これも、ケネスのおかげです！」

はっと我に返った二人は嬉々として肩を揺らしながら言う。

「いや、俺は別にすごくない。ただの暇人なだけだ」

なんてことを言って、さてこれからどうするかと悩んでいると、リリーが腕を掴んできた。

今度はなんだろうと、一瞥する。

「ねえ。これからも神々の迷宮に挑むの？」

「ああ。まあ、暇だからな。暇つぶしにはちょうどいいだろうし」

「……あたし達の仲間にならない？　あたし達、まだまだ強くなりたいの」

「仲間……？　ああ、そうだな」

仲間か。俺はパーティを抜けたばかりで、少し抵抗感がある。でも……こいつらとなら、いい具合に暇つぶしができるかもしれない。目的も大方一致しているし。

「分かった、仲間になるよ。これからよろしくな」

そう言うと、二人は目を輝かせて俺に抱きついてきた。おい！　また抱きついてきた！

「やった！」

「嬉しいです！」

どうやらめちゃくちゃ喜んでいるらしい。まさか……ここまで歓迎されるとはな。

もみくちゃにされていると、やっとリリー達が離れてくれる。そして、二人は、

「「ようこそ、『希望の道』へ！」」

と、声を揃えて俺に手を差し出した。

俺は少し気恥ずかしくて、頭をかく。ふう、と空気を吐き出して。

「ああ。よろしく」

と、彼女達の手をまとめて両手で握り返した。

第二章　追放後の二人、そして新たな迷宮へ

「やっと口うるさいおっさんがいなくなったな！」

「そうね！　本当、あいつ、いちいち私達のやることに口出ししてきて、嫌いだったのよね。なんだか癇に障るのよ」

ケネスが神々の迷宮を攻略中のこと。エドとアナはギルドの会議室でケラケラと笑っていた。

それもそうで、厄介者であったケネスを追放できたのだ。これで文句を言われることもないし、報酬金も増える。更にお金を使うことができるわけだ。

しかし、彼らは何も考えていなかった。ケネスがこれまでやってきたことを。

ケネスのアドバイスのおかげで、エド達は実力以上の力を発揮できていたということを。

「一人いなくなったわけだし、早速依頼を受けてお金を稼ぐ？」

アナがエドの肩に触れて、くすりと笑う。それを見て、エドは満足げにアナの頭に手を置いた。

「そうだな。早速依頼を受けて、デート代でも稼ぐとしよう」

「やったー！　今度はどこに行こうかな～！」

二人は会議室を出て、楽しげに廊下を歩く。普段なら厄介者が隣にいたが、今はいない。

文句を言う人がいないと、ここまで楽だとは。

ギルド中央までやってきた二人はカウンターに行き、受付嬢さんの前に立つ。

「噂をすれば……こんにちは。エドさんアナさん」

受付嬢さんは嫌な表情を浮かべる。

生憎と二人の性格上、ギルドからよく思われていなかった。

そのため、彼らはSランクパーティだったが個人に対してはSランクの称号は付与されていない。そもそも『龍の刻印』がSランクパーティとして認められたのはケネスが所属していたからと言ってもいい。

ギルドは彼個人の実力をかなり高く評価していたのだ。しかし二人は知らない。

ギルドからよく思われていないことも、自分達の実力が不足していることも。

「ケネスさんを追放したと聞きましたよ。どうされたのですか？」

「あいつは口だけのお荷物だから捨てた。受付嬢さんもそう思うだろ？」

「……私としては残念です」

「本当に残念だよな！　あいつは！」

「ははは……」

完全に話がすれ違っている事実に、受付嬢は苦笑を漏らす。もう乾いた笑いしか出ないといった感じだ。

「それで依頼を受けたいんだけど、なんかいい感じの頼むわ」

「依頼ですか。ええと……引き継ぎってされてますか？」

「ん？　引き継ぎ？」

エドは首を傾げる。引き継ぎってなんだろうか。

もしかしてケネスのことを言っているのか？　それなら、奴から引き継ぐ事なんてないだろう。

なんせあいつは何もしていないのだから。

「これです。こんなにも大量の依頼書が『龍の刻印』宛に届いております」

「は……？　なんだこれ？」

思わずエドは顔を顰めてしまう。どっさりと置かれた依頼書を前に困惑するしかない。

「依頼の調整、管理などは全てケネスさんが行っていました。依頼主さんとの交渉も全てです。引き継ぎされていないとなると、かなりのトラブルが発生するかと……といいますか、既にトラブルに陥っていると言ってもいいかもしれません」

「は？　それってギルド職員の仕事じゃないのか？」

「確かに仲介はしますが、あくまで依頼主様から依頼書を受け取るだけです。基本的な調整や交渉などは冒険者様に任せております」

となると、これだけの量をケネスが捌いていたということになる……のか？

いや、違うな。あいつは小言を言うばっかりで、そんな重要な仕事なんてしていないはずだ。しかもこれくらいどうってことはない。これでトラブルなら些細なことでもトラブル扱いになる。

「まあいいや。適当に報酬金が高い依頼を受けるわ」

「そうなりますと、他の依頼主様に連絡を――」

「必要ない！　少ない金額しか払えない依頼者は客じゃねえよ！」

「ですが信用問題が……」

「関係ないね。な、アナ？」

「そうそう。これくらいで私達の信用は落ちないわ」

二人が自信満々で言うと、受付嬢は嘆息する。

「かしこまりました。一応言っておきますが、当ギルドは冒険者様のしたことに一切の責任を持ちません。しかし何かあればそれ相応の対応をしますので、覚えておいてください。私達のギルドに所属している以上は、依頼主様への責任がこちらにもありますので」

「へいへい。まあ適当にっと。んじゃ、この依頼にするか」

数ある依頼書の中から最も報酬金の高いハイタイガーの討伐依頼を手に取り、エドは踵を返す。

「さっさと達成して報酬金で楽しもうぜ」

「そうしましょ！」

言いながら、去っていく二人を見て受付嬢さんは呆れる。

「時間の問題でしょうね。今のところは大丈夫かもしれませんが」

——彼らは破滅へと、着実に歩みを進めている。

◆

ハイタイガーは、その名の通り虎のような姿をしているが、口から衝撃波を放つ。

ランクにしてB相当の魔物である。

「こんなのでお金が貰えるんだから、Sランクは堪らないな！」

「本当にね！　簡単にSランクにも上がれたし、世の中最高！」

二人は依頼書に指定された場所に向かって歩いていた。場所は王都近郊の森。依頼主は大手商業ギルド。Sランクということもあって依頼主は大手なことが多い。更に比較的簡単な依頼でも報酬金ががっぽり貰える。そのため、二人は心の底から喜んでいた。

「依頼理由は物資移動の妨げになっているから。これ達成すると、ワンチャンいいアイテム貰えるかもな！」

「貰ったアイテムを売って更に資金にしましょうよ！　豪華なディナーが食べたいなぁ」

「いいないいな！」

しかし、少しばかり楽観しすぎていた。ギルドから個人に対してランクが付けられるのは異例のこと。ケネスはSランクを個人的に与えられ、対して二人は与えられていなかった。

天狗になってしまっていたのだ。自分達が誰の存在によって身の丈に合わないパーティランクを与えられていたのか。それを理解していないのだ。

深い森の中。木々のざわめく音や鳥の声が響くと同時に、何かが近くを動く。

「魔物の気配がするぞ！　狩りのお時間だな！」

ガサガサと森の中を駆け巡る音。二人は背中を合わせて、魔法の準備をした。

「任せて！　一緒に倒しちゃいましょ！」

魔力を体に集中させる――がそれよりも速く魔物が動いた。

――ギシャァァァァァ!!

「なっ!?」

ハイタイガーが茂みの中から姿を現し、エドの方へと飛びかかってくる。山吹色の獣がエドに飛び掛かり、荒々しく腕を狙ってきた。

咄嗟に避けようとするが、間に合わずに攻撃が当たってしまう。

エドは地面に転がり、動揺を隠せずに肩で息をする。

「何やってるのよ！」

アナも同様に攻撃を受けたが、間一髪で避けて、バックステップして魔法を放つ準備をしていた。

「相手が速すぎるんだ！　クソ、いつもなら魔法を放つ余裕があったのに……！」

お互い、未だに魔法を放てずにいた。魔法を放つには魔力を集中させることが必須である。それは魔法の練度が高い人間ほど素早く行うことができる。対して、二人はまだ未熟なのだ。

「相手は三体よ！　二人で倒せるの⁉」

「僕達なら余裕だ！」

幸い怪我は大したことはなく、どうにかエドは起き上がって再度魔法を放つ準備をする。

先程まで魔力を集中させていたこともあり、今度は相手よりも速く攻撃する準備ができた。

「当たれ‼」

エドは動き回るハイタイガーに向かって何度も魔法弾を放つ。

しかしあまりにも相手の動きが素早すぎた。当たったのはたったの二発。

しかし相手は怯んだ様子は一切見せていなかった。

「当たってよ！」

アナも倣って攻撃する。しかし三体のハイタイガーは二人を翻弄するかのように動き回る。

二人にとってはさながら音速のようにも思えた。それほどまでに、攻撃が当たらない。

「いつもなら余裕なのに……！」

二人の口からは『いつもなら』という言葉が何度も漏れた。しかし、なぜ自分達が『いつもなら』と言っているのかは理解していない。ただ、『いつもより不調』だと思っているのだ。

二人は態勢を整えるために周囲の状況を確認する。ここは森の中。草木が生い茂り、視界は悪い。相手は三体。それもかなりの速度で動いている。更に言えば、攻撃はほとんど通じていない。

「ヤバいかもしれない……」

「何言ってるのよ！　これくらいで失敗したら大恥よ！」

「分かってるさ！　そんなの僕だって分かっている！」

大丈夫。自分達はSランクパーティ。誰もが憧れ、羨み、欲しがる最高ランク。

これくらいで倒れるわけがない。

「考えろ……！　考えるんだ……！」

思考をどうにか巡らせる。

一秒が何十分かのように思えた。

だが――答えは出ない。

なんせ今までこれでやってこられたのだ。

いつもなら上手くいっていたのだ。

再度ハイタイガーからの攻撃が飛んでくる。

「あがっ‼」

呆然としていたため、避けることができず肩に喰らってしまった。

その勢いで思い切り身体が後方に吹き飛んだ。

「いってーー」

大きな怪我をしたわけではないが、足を捻挫してしまったらしい。

痛む足を押さえながら、舌打ちする。

「……僕のプライドが！」

「エド！　もうここは駄目よ！　退きましょう！」

「何言ってるんだ！　ここで退いたら依頼が！」

「これで万が一のことがあったら不味いでしょ！　依頼に関しては適当に言い訳でもしてさ！」

「……クソ‼」

どうにか一瞬でもいいから動けるよう、足に軽い治癒魔法を施す。

そして、Sランクパーティがただの『Bランク』の魔物から敗走した。

◆

俺はひとまずのところ、御者さんが待ってくれているであろう村に戻ることにした。

時間は夕方。かなり遅い時間に迷宮攻略に挑んだから、丸一日経ってしまったらしい。

「あたし達もこの村に滞在していたのよ」

「そうなのか。まあここが一番迷宮に近いしな」

「でも村の人達、大変そうでした」

「ぽいな。神々の迷宮が悪さをしていたらしい」

そんな会話をしながら、村の中へと入る。

すると、村はちょっとした騒ぎになっていた。

村人達が集まって話をしたり、子供達が走り回ったりしている。中にはまだ宵の口だというのに明らかに酒に酔っている者もいた。

なんだろうか、と思いながら村の中を闊歩する。

御者さんが待っているはずなのだ。

一番目立つであろう場所。

広場まで行くと、多くの馬車が止まっていた。

「おお……！　生きて帰ってきたのか⁉」

「戻りました。待っててくれたんですね」

「当たり前じゃ！　いやー、まさか生きて帰ってくるとは！」

御者さんが嬉々とした様子で馬車から降りてくる。

ひとまずよかった。

これで俺が死んでいたら御者さんの精神的ストレス半端じゃなかっただろうな。

「それにしてもじゃ。不思議なことが起こってな」

御者さんは首を傾げて、話しかけてくる。

何かあったのだろうかと、俺は腕を組んだ。

「村から強力な魔物の気配が完全に消失したのじゃ。村人達は歓喜しておるが、同時に困惑しておる」

「魔物の消失ですか」

少し考えた後、俺は思い当たることを口にした。

「多分、俺達が神々の迷宮を攻略したからですね」

「大方ケネスのおかげだけどね」

「ですです」

それを聞いた御者さんは口を開いたまま動きが停止する。

しばらく時が止まったかのようにフリーズした後、震える手で俺の肩を掴んできた。

「本当に攻略したのか？」

「はい」

「生きているのは奇跡的に逃げ帰れたわけではなくて、攻略したからじゃと……？」

「そうなりますね」

「ええぇぇぇぇぇぇぇ⁉」

御者さんはどこから出るのかと思うほどの大声で叫ぶ。

それほど驚くことだったのだろうか。

ああ、まあ神々の迷宮って攻略した人がいないんだっけか。

それなら驚かれるのか。

「これは騒動じゃ……村人達に伝えなければ！」

「あ、わざわざ言わなくても――」

と、俺が止めようとしたのだが先に御者さんが走っていってしまった。

ああ……これもっと騒ぎになるかもな。

「いい人ね」

「ですね」

「まあそうだな。戻ってくる保証のない俺の帰りを一晩待っていてくれたんだからな」

なんて会話をしていると、御者さんが多くの人々を引き連れて戻ってきた。

「彼らが神々の迷宮を攻略し、この村を救った英雄じゃ！」

そう声高らかに宣言すると、村人達から歓声が上がる。

「嘘だろ、おい！」

「あの迷宮を攻略したのか!?」

「英雄だ！　この村を救った英雄だ！」

英雄、英雄、英雄……俺が？

「いや、俺は単純に暇だったから攻略しただけで……」

「謙遜なさったぞ！」

「こんなにすごいことをして謙遜するなんて、すごいお方だ！」

「さすがは英雄様だ！」

「ええ……なんで英雄なんだ」

困りながら隣を見ると、リリーとカレンの二人は少し嬉しそうにしていた。

そうか。彼女達の夢は『人々の心に刻まれること』。

これはある意味、彼女らの夢にとっての一歩なのかもしれない。

彼女達の志はなんて尊いんだ……まあ、俺の暇だったからって理由があれなんだけど。

「よかったな二人とも」

「いや、ケネスのおかげよ。ねえカレン？」

「そうです。ケネスがいなかったら、私達だけでは無理でしたから」

……そうなのか？

でも俺はあくまで手伝っただけだしな。

少なくとも、彼女達の夢に共感して、一緒に挑もうと決めたのには違いないけど。

あくまで俺は暇人でしかない。

そう思いを巡らせていると、バタバタと騒々しい足音が聞こえてきた。

人混みの中をかいくぐって、こちらに向かってきている。

なんだろうと思って音のする方に視線をやると、俺達を囲んでいた人垣をかき分け、一人の男が剣を持ってこちらを睨みつけてきた。

「お前らが英雄？　神々の迷宮を攻略した？　嘘を吐くにも限度があるぜ？」

黒髪の大男が不機嫌そうに叫んでくる。パッと見だけど、おそらく俺より年上だ。たっく……いい歳してるのによ。

なんだか面倒くさそうなのが絡んできたなぁ。

俺が頭をかきながら、無視を決め込もうと思っていると。

「こんなクソガキが攻略なんかできるわけねえ。俺はな、調子に乗っているクソガキを見るのが嫌いなんだよ」

言いながら、男がリリーの胸ぐらを摑む。

「ちょっと……⁉」

「俺は村一番の強者《つわもの》だ。本来英雄になるのは俺様なんだ。気に入らねえ、お前面貸《つら》せよ」

「やめてください！」

カレンがどうにか話をしようとするが、相手は全く聞く耳を持たない。

「お前もだ。お前も面貸せ。調子乗ってるところを徹底的に矯正してやる」

村人達が静まり返る。

誰もが固唾を呑んで見守っている。

……全く。

こういうのは本当にやめてほしい。

「おーい。そこのおっさん。俺を無視して、なに少女の方に絡んでんだ」

「……なんだ！　邪魔すんなよ！」

「邪魔だ？　おいこら、暇人相手にその言い草は通用しないぞ？　そんなに喧嘩したいなら、暇人の俺が喜んで相手してやるがどうする？　少女達より楽しめると思うぞ？」

「……クソ！」

汚い言葉を吐き捨てて、男はリリーの胸ぐらから手を離すと、今度は俺に摑みかかろうとしてくる。

俺は咄嗟にそれをかわし、反対に相手の腕を摑む。

そのまま、放り投げた。

「うがっ⁉」

倒れ込んだ男を見て、俺は嘆息した。

全く、絡んでくるなら、もっと力をつけてから来い。

「さ、さすがは英雄だ！　圧倒的に強い！」

「やっぱり彼らは英雄だ！」

村人達の興奮に再度、火がついたかのように歓声が上がる。

「ああ……だから英雄じゃないんだけどな」

「ありがとう。助かったわ……」

「いいんだ。逆によく手を出さずに耐えた。汚れ役は俺だけでいい」

なんて言っていると、御者さんが近付いてきた。

「ところでなんじゃが。お主、まだまだ神々の迷宮に興味があるか？　やはりお主の実力は本物だ。お主はもしかしたら、次々と神々の迷宮を攻略し、誰もの記憶に残る英雄になるやもしれん」

「ああ……そうですね。英雄とやらには興味ないんですけど、神々の迷宮には挑みたいと思っています」

暇だからということもあるし、二人の夢もある。

仲間になった以上、俺は彼女達の夢を応援する必要があると思っている。

追放後のいい暇つぶしにもなるし、俺としては都合がいい。

「各地域で神々の迷宮による被害が出ているのは知っておるな？」

「もちろんです。神々の迷宮のある地域ではBランク以上の魔物が棲み着いて、住民の生活に影響が出ているとか。ほんと名前と違って、やってることは悪魔ですよね」

「そこでじゃ。この辺境の村から近いリレイ男爵領に存在する神々の迷宮に挑まないか。もちろんワシが送り届けてやろう。英雄になるかもしれない人を送るんだ。全力で手伝いをしよう」

「マジですか。それならお言葉に甘えようかな。二人もいいよな、新たな神々の迷宮。早速行くか？」

尋ねると、二人はコクリと頷く。

「もちろんよ。あたし達はまだまだ強くなる」

「私もです。夢のためならば、いくらでも挑戦します」

「決まりだな。それじゃあ御者さん、お願いします」

「任せておれ！　英雄達を運ぶんじゃ、運賃はいらない！」

「いいのか？」

御者さんだって生活がかかっているだろうに、甘えてしまっていいんだろうか？

「英雄のお供ができるなんて光栄じゃ！　金なんて貰ったら御者の名折れじゃ！」

そう言って御者さんが馬車の御者台に上がり、こちらに手を振ってくる。

これも何かの縁だと思って、俺は御者さんの言葉に従うことにした。

これから、俺はきっと旅をすることになるのだろう。

悪くない。いい暇つぶしだ。

暇人にとって、これほど贅沢な暇つぶしはないだろう。

リリー達と一緒に馬車に乗り込もうとすると、御者さんがニヤリと笑う。

「改めて、ワシの名はジャガー！」

御者さんが自己紹介してくれたので、俺達もそれぞれ名を名乗った。

「長い旅路になるであろうからよろしくな。さぁ、乗れ！」

俺は頭を下げて、改めて馬車に乗り込む。

「休みなしで全速力で向かうと一日で着く！　任せておれ、ワシの馬達は特別だ！　魔力が付与されている自慢の馬でな！」

そう言ってジャガーさんが馬にムチを打つと、勢いよく馬車は動き出した。

おお……この人本気だな。

俺が最初に乗った時はこんな速度なんて出していなかった。

それほど期待されているってわけか。

あまり暇人に期待されても困るんだけど。

馬車の椅子に腰を落ち着けた俺は、ちらりとリリー達に視線を向ける。

「これからもっと頑張ろうね！　今までは幼馴染み同士が組んでいたパーティだったけど、今はケネスがいるから！」

「ですね！　ケネスがいればなんでもできます！」

「ははは。俺も頑張るよ」

期待に満ちた表情で、二人は会話に花を咲かせている。

「二人とも、ひとまず疲れただろ。とりあえず寝ようか」

「そうですね……私ずっと寝てませんし……」

「あたしも……ふぁぁ。お言葉に甘えて寝ることにするわ」

「俺もだ。ジャガーさん、お願いしますね」

「もちろんじゃ！」

そう言って、俺は座ったまま目をつぶることにした。

ガタンガタンと揺れる馬車、開け放した窓の外はちょうどいい気温だ。頬を掠める風が気持ちいい。

眠り始めてからどれくらいが経っただろうか。

目が覚めると外は薄暗い。

夜明け前といった感じだろうか。

「そろそろ着く頃合いかな」

なんて思いながらぐっと伸びをしようとする――

――ガタンッッッ！

「おお⁉」

「ええ⁉」

「なんなの⁉」

一際大きな振動と共に、馬車が急停止した。

俺は思わず壁に腰をぶつけてしまい、痛さに涙を滲ませた。

さすがに寝起きなので油断していた……。

それよりもだ。

「何があったんです⁉」

俺が窓から顔を覗かせてジャガーさんに確認しようとすると、馬車の前に複数体の魔物の姿が見えた。

「ゴブリンの群れじゃ……この辺りは人が住んでいない上に貨物馬車の移動通路になっておる。話には聞いておったが、やはりゴブリンの生息地帯になっておったか……」

なるほどな。

ゴブリンは妙に賢く、移動中の貨物を襲ったりする。

貨物馬車の通り道に生息しているってことは、待ち伏せして襲ってはそれで生活しているのだろう。

「俺達が討伐します。行こうか、二人とも」

「もちろんです！」

「やったるわよ！」

俺達は馬車から飛び降りて、ゴブリンを見据える。

相手はゴブリン。十体くらいの群れだ。きっと卑怯な真似をしてくるだろう。

――シュン‼

「おっと」

俺は咄嗟に飛んできた石を避ける。

かなり巨大な石であり、速度も出ていた。

更に言えば頭を狙ってきたため、当たっていたら死んでいたことだろう。

やっぱり姑息な真似をしてきたな。

姑息か。俺も生憎と姑息な真似が大好きである。

目には目を……姑息なことをする奴には手加減する必要がない。まさに暇人にとっては良い遊びだ。

「カレン、リリー。集中砲撃」

「「ラジャ！」」

俺の合図と同時に、ゴブリン達を完全に殲滅できるだろう激しい砲撃が始まる。

更に言えばリリーはミスリル合金の弾を試しているようだ。

当たったゴブリンが一瞬で倒れていっている。

「残りの奴らは俺が斬ってやる！」

地面を蹴り、剣を振りかぶる。

思い切り引き、そして斬撃。

返す剣でもう一体、そしてもう一体……。

全方位集中の攻撃は一瞬にしてゴブリンを葬り去った。

剣を鞘に納め、ふうと息を吐く。

ひとまず討伐完了だな。

「よしっと。で、リリーはどうだ？　ミスリル合金弾丸の調子は」

「錬成はできるけど限界があるわ。せいぜい三発。これ以上になるとぶっ倒れそうになった」

「さすがは神の力だな。んじゃ、今後はそれを補えるような加護を貰うしかないな」

「攻略がこれからも必須になりそうね」

「リリーもケネスもさすがです！　私も……もっと頑張ります！」

無邪気に笑うカレンの頭に、俺はぽんと手を置く。

っておい！　やっべ。あまりにも眩しくて思わず頭を撫でてしまっただと⁉

セクハラだ……訴えられる！

「す、すまん！」

「だ、大丈夫です！　はい！　最高でした！」

「……カレン。なにニヤニヤしているのよ」

俺が焦っていたら、リリーが急にカレンに絡んできた。

「い、いや……えへへ」

「……ケネスも。あたしにはそんなことしてくれないのにね」

「え……あ……えぇ……？」

ど、どういうことだ？　それに、どうしてそんなに怒っているんだ？

俺が困っていると、リリーがふんと鼻を鳴らす。

「早く乗るわよ！」

「は、はい……」

リリーに促され、再度馬車に乗り込む。

リリーがなぜ怒っているのか、とても聞けるような雰囲気ではない。

俺は仕方なくリリーの怖さに震えながら、無理やり目をつぶった。

「さすがは英雄さん達だ！　もうすぐ着くから待ってるのじゃ！」

「お願いします……」

ジャガーさんへの返事が思わず小さくなる。

まあ……カレンが何も思っていないようで安心した。

これでもし悲鳴を上げられていたら、おじさん泣いてた。

俺が内心ほっとしている間も、馬車は朝焼けの森の中を進んでいた。

「到着じゃ！　ワシはここで待っているからな！」

街の入り口の門の近くに馬車を停めたジャガーさんが声を上げる。

「ありがとうございます！」

俺達は馬車を降りてジャガーさんに礼を言うと街の中へと歩を進めた。

ここはリレイ男爵領郊外の街イルト。

昨日までいた王都辺境の街よりは遥かに都会だなという印象だった。

まあそれもそうで、向こうは村でイルトは街だ。

ただ、少し街の中心部から外れた場所には破壊された建物が見受けられる。

特に顕著なのは、塀によって隔たれている場所だ。

塀を通り抜けると、街並みはがらっと変わってしまう。

人の姿がまばらになり、たまにすれ違う住民達はみすぼらしい服をまとい、目にも覇気がない。

「ここも前の村に負けないくらい酷いな。全く、迷宮の影響って馬鹿にできないな」

俺が暇人ではなかった頃、それこそ本当に冒険者をしていた時代、神々の迷宮による被害は噂には聞いていたが、その詳細は知らなかった。

忙しかったということもあるが、王都の冒険者だったからだろう。

ギルドや国王は神々の迷宮近くに住んでいる人間達には、そもそも興味がないからだ。

もしあれば、もっと噂になり、俺の耳にも詳しい被害状況が入ってきていたと思う。

「これが現実なのね。ケネス、尚更神々の迷宮を攻略しないといけないわ」

「そうだな。神様って奴はほんと趣味が悪い」

現状を変えるためには力を付けなければならない。

力を付けるには神々の迷宮を攻略する必要がある。

偶然か必然か、分からないが彼女達の目標は全て神々の迷宮攻略に繋がっていた。

「あ！　って待て！　迷宮の場所聞いてなかった――」

「君達、その服装は冒険者か？」

俺が一番肝心なことを忘れていたことに気が付いたと同時に、背後から声をかけられた。

振り返ると、一般市民とは間違いなく違う身なりをした男性が立っていた。決して絢爛ではないが質のいい服を纏い、一つ一つの所作に教養を感じる。それに、背後には武器を持った男が二人立っていた。おそらく……護衛だろうか。

間違いない。この人は……多分貴族だな。

俺もギルドの仕事である程度貴族とやり取りをしていたから、なんとなくの勘で分かった。

でもどうしてこんな場所に？

「はい。この領地にある神々の迷宮を攻略するために――」

「馬鹿なことを言うな！　そもそもここは部外者は立ち入り禁止だぞ！」

貴族らしき男が拳を握りながら怒鳴る。

ま、待て。部外者立ち入り禁止ってどういうことだ。

「僕はリレイ、この領地を治めている男爵だ。被害状況の視察に来てみれば、まさか部外者が来ているとはな」

「俺はケネスです。隣にいるのがリリーとカレン。あの、部外者立ち入り禁止ってどういうことですか？」

「そのままだ。ここは神々の迷宮によって大きな被害が出ている。治安もかなり悪いからな」

言いながら、こちらを睨めつけてくる。

「それに――神々の迷宮を攻略するだと？　できるわけがないだろう！」

確かに神々の迷宮を攻略することは世間的には不可能と認識されている。

なんとなくで俺は攻略してしまったが、普通はこの対応が当たり前なのだろう。

実際、攻略に挑んだ人間は馬鹿者だと笑われていたしな。

「今回だけは見逃してやる。だから今すぐに帰れ」

ああ……ジャガーさんよ。こういう状況になってるなら先に言ってくれよ。

まあ、さすがに各地の状況を完全に知るのは不可能だから責めたりはしないけど。

「あたし達は絶対に攻略する。達成したい目標があるの。約束する、この街も領地も絶対に救ってみせるわ」

「右に同じです！　私達は絶対に攻略します！」

リリーとカレンが叫ぶ。

それに対して、彼は眉を顰めて。

「貴様ら――」

そう叫んだ瞬間に、背後から忍び寄る影に気が付いた。

斧を持った男である。

武器を振り上げ、リレイ男爵に危害を加えようとしていた。

俺は咄嗟に剣を引き抜き、相手の斧へとぶつける。

力任せに思い切り斧を弾き飛ばし、男の腕を握り地面にねじ伏せた。

「確かに治安は悪いですね。貴族さんがいたら襲う人間がいるくらいには」

「っ……おい！　なぜ貴様らは反応しなかった！」

リレイ男爵は背後にいる護衛に怒鳴るが、彼らは横に首を振り。

「は、反応できませんでした……」

と、呟くのみだった。

「彼女達は少なくとも、この現状を変えるかもしれない人間です。見ず知らずのどこの馬の骨だから分からない奴の言うことなんて、信用できないってことも理解できます。その上で、お願いです。神々の迷宮に挑ませてください。死んでも俺達は部外者なんですから、あなたに責任はありません」

もちろん死ぬつもりは微塵もないが。

説得するにはこれくらい言う必要があるだろう。

リレイ男爵は唇を噛み締める。

「……分かった。助けて貰った恩として許可する。もちろん何があっても責任は持たないが」

「ありがとうございます。あの、神々の迷宮の場所を教えて貰っていいですか。案内してくださいとは言いません。目印的な物があれば教えて貰えると嬉しいです」

斧を持った男を護衛に引き渡してから尋ねると、リレイ男爵が東の方を指差した。

「ここをまっすぐ抜けると時計塔がある。不思議な話だが、誰が作ったか分からないその時計塔の内部が神々の迷宮だ」

「時計塔、ですか」

ダンジョンにもいくつか種類があるように、神々の迷宮にも多くの形があると思っていたが、まさか時計塔とは。

少し驚いてしまった。

「名は『クリアリー』。……ケネスだったか。責任は持たないと言った。だが、何かあれば寝覚めが悪い。せいぜい死なないよう努力するがいい」

期待している、とボソッと呟いたのが確かに聞こえた。

この人、案外悪い人じゃないのかもしれない。

「ありがとうございます。それじゃ、二人とも。時計塔とやらに向かうとするか」

「行きましょう！」

「やったるわよ！」

俺達は拳を上げると、時計塔があるという東へと進んだ。

「……不思議な奴らだ」

また小さく、リレイ男爵が呟いたのを俺は聞き逃さなかった。

さあ――待ってろよ『クリアリー』！

「神々の迷宮……しっかり暇人に付き合ってくれよな！」

「また言ってるー！」

「本当に体の芯から暇人なのですね……」

◆

『ついに現れたか』

『ええ。現れましたね』

真っ白な空間。

そこには二つの影がある。

一つはケネス達が倒したエルドラである。

『人類史初めて神々の迷宮を攻略した者達。まさかあのような男――人間だとは思いませんでしたが』

エルドラはため息を吐きながら、椅子に座る。

目の前に座っている影を見据えながら、

『始まるんですね。あれが』

エルドラの一言に、目の前の影は深く頷いた。
『始まるぞ。人類史初めての――』
これは、とある天界での一幕。
しかし大きくケネス達に関わってくる壮大な計画。
その始まりであった。

第三章　神々の迷宮『クリアリー』

「時計塔とはなぁ。外見に関してはいい趣味してるな、今回の神様とやらは」

「迷宮の外見を褒めるの、多分ケネスくらいよ」

「いいじゃないか。神様が自分の理想の迷宮を考えながら作ったって考えたら面白いだろ？」

「まあ……確かに面白いけど」

可愛いじゃないか、と俺は笑う。

やってることは全く可愛くないんだけどね。

リレイ男爵領、東の森。

この近辺は案の定、ランクの高い魔物が多く潜んでいるようだった。

歩いているだけで、近くからも遠くからも視線だったり気配だったりを感じる。

やはり迷宮の影響力は大きいらしい。

――シュン！

「おっと」

突然飛んできた物体に、俺は即座に対応する。

剣を握りしめ、思い切り叩き切った。

「なになに!?」

「急にどうしました!?」

「いや、なんか飛んできた」

俺は斬った物体がなんだったのかを確認する。

多分これ、棍棒だな。

棍棒は普通は相手を殴る物だ。それを投げてくるなんて馬鹿げたことをする魔物は数種類しか心当たりはない。

剣を肩に当てて、とんとんとしながら周囲を見渡す。

「出てこいよ。俺が相手してやるからさ」

俺は生憎と暇人で、こういう嫌がらせを受け入れる時間はたっぷりある。

リリーとカレンはひとまず休憩でいいだろう。

こんなところで体力を消耗する必要はないし、リリーに関して言えばミスリル合金弾丸を使いすぎるとぶっ倒れる危険性がある。

どれくらいのスパンで回復するのかは分からないが、先程使ったばかりということを考えると体力はかなり消耗してまだ回復しきっていないはずだ。

二人に休んでいるよう目で合図してから俺がしばらく待っていると、木々の陰から三体の魔物が顔を出す。

オークオークオーク。

オーク三昧だな。

棍棒を投げてきたのは、三体のうち一体だけらしい。

さっき棍棒を投げてしまったせいか、木を折って武器代わりにしていた。

なんて怪力だ。燃えてしまうじゃないか。
オークはこちらに向かって前進してくる。
俺も倣《なら》って、一歩また一歩と近付く。
「さあ来いよBランク。俺がお尻ぺんぺんしてやる」
挑発すると、一体のオークが棍棒を振りかぶる。
同時に俺は剣を斜めに構えて、受け流す体勢を取った。
——ガキン‼
棍棒と剣がぶつかる。
ただ、それだと戦闘が長引いてしまう。
それならもっと力任せに、魔力を込めて徹底的に。
集中——《斬撃強化》。
剣に魔力を込め、バフを付与する。
そして、剣に少し力を加えると相手の棍棒が真っ二つに折れた。
「やりー！」
すかさず、ステップを踏んで前進。
蹴りを入れて押し倒し、相手の心臓に向かって剣を突き刺す。
——ゴォォォォ‼
残り二体のオークがすかさずこちらに向かって棍棒を振るう。
確かに剣をオークの体に突き刺している今の状況で俺を殴ろうとするのは良い判断だ。

だけど、俺はそう甘くはない。

瞬時に剣を引き抜き、左右に振って棍棒を薙ぎ払う。

相手が振りかざしていた棍棒は見事、俺の剣によってへし折られた。

「よっと」

倒れていたオークを踏み台に、俺は空中に跳ぶと体を回転させる。

近くにいた方のオークに向かって投げた剣は見事胸に命中。

再度オークを踏み台にして跳躍すると、オークの胸に突き刺さった剣に手を当て止めを刺す。

間髪を容れずに剣を引き抜き、最後の一体にも剣を突き刺した。

――ゴウウ!?

断末魔の叫びをあげて崩れ落ちるオークに俺はきちんと止めを刺す。

「ふう」

俺は息を吐きながらオークの体から抜いた剣についた血を振り払うと振り返った。

「全部倒したぞー」

「なんですか今の！　なんか超かっこよかったです！」

「今の動きヤバかったわ！　洗練されてるというかなんというか！」

「あまり褒めるなよ。俺を褒めても別に何も出ないから」

「「それでも！」」

あははは。おっさん、若い子に褒められたらすぐ嬉しくなるからね。

俺もまだまだやれるんだな。

現役現役っと。

「んじゃ、『クリアリー』に行くか。あれだろあれ」

俺は木々の隙間から見える建造物を指差す。

そこには大きな塔のような物が見えていた。

「多分あれね。気合い入れるわ」

「入れとけ入れとけ。事前に気合いを入れて損することはない」

「えいえいおー！」

「えいえいおー！」

二人は肩を並べて、拳を突き上げる。

「えいえいおー！」

「えいえいおー！」

言いながら、俺のことをじっと見ている。

なんだろうなぁ、と思いながら眺めていたのだが、ふと気が付く。

「あれ。もしかして俺もやれって言ってる？」

「当たり前じゃない！」

「気合い入れましょうよ！」

「ええ……俺もうあれだぞ。俺にやらせるのとか地獄でしかないぞ」

さすがに自分でも分かる。

もうキツイと。

躊躇していると、それでもなお二人は攻めてくる。

顔を近付けてきて、

「やろう！」

「やりましょう！」

と言ってきた。

ああもう……ここまでされたら断れねえじゃねえか。

「おっさんのそんな姿キツイけど、いいのか？」

「全然キツくないわ！　絶対かっこいいわよ！」

「えいえいおーにカッコいい要素あるのか？」

「ありますあります！」

「……分かった。んじゃ、やるぞ」

俺は小さく拳を上げ、あまり目立たないように。

「えいえいおー！」

「えいえいおー！」

「えいえいおー！」

と今度は三人揃って声を上げた。

「やるじゃない！」

「よかったです！」

「へいへい……」

ああ恥ずかしい恥ずかしい。

そんなふうにとてもこれから神々に喧嘩を売ろうとしているとは思えないようなやり取りをしながら、時計塔へと歩き始めた。

ここの森は本当に自然が豊かというか、豊かすぎて視界が悪い。

木々のせいで日光はほとんど入ってこない。

昼間でも薄暗い森の中を進んでいると、

「やっと着いたか」

眼前に捉えるは、件の時計塔。

石造りの細長い塔の上に古びた時計がついているだけで、窓のような物はない。

この周辺だけ木々が生えておらず、ちょっとした広場のようだ。

時計はかなり古い物のようだが未だ時間を刻んでいるらしく、大きな針がガコンガコンと音を鳴らしながら動いている。

正直言って気味が悪いな。

神様のことだ、色々と意図がありそうである。

いちいち気にしていたらやってらんないけど。

「本当にこの中に迷宮があるの？」

「全く迷宮には見えないですね」

「俺もだ。とりあえず入り口っぽいところがあるし、入ってみるか」

時計塔には窓がないが、一番下に、大きな扉がある。

俺は扉の前に立って、そっと耳を扉に当てる。

歯車の音が聞こえる。

普通の時計塔からは当たり前のように聞こえてくる音。

この中が本当に迷宮になってるのか？

なんて思いながら扉を開く。

「おお……なんだこりゃ」

扉の奥には巨大な階段が上へと続いていた。

細い時計塔だと思っていたのに、上階は巨大な階層になっているようだ。

これ、完全に時空が歪んでいるな。

通常のダンジョンで時空が歪んでいる、なんてことは滅多にない。

それこそSランクダンジョンでもレアだ。

万が一あっても、歪みは微小。

これほどまでに歪んでいることはない。

「広いですね。これは苦労しそうです……」

「そうね。さすがは神々のダンジョンだわ」

「まあとりあえず攻略開始だな」

そう言って、階段に足を運ぶと目の前に文字列が現れる。

神々の迷宮『クリアリー』へようこそ

勇気ある人間達

「おお。ここもこんなの出るんだな。これ、やっぱり神々の迷宮特有の出迎え方なのか？」

「さぁ……でもエルドラのいた迷宮の時もこんなの出たわね」

「神々の迷宮特有なのかどうかはよく分かりません……」

勇気だけは認めよう
ここまで来られるものなら——

なんだこいつ。前回の迷宮の奴より偉そうだな。

とりあえず面倒くさそうなので斬り落とした。

文字列は粉々になって空中に消えていく。

「え!?　斬ったの今!?」

「これ斬る人いるんですか!?　というか、これ斬れる物なんですか!?」

「あれ？　斬らない？　面倒くさくない？」

「斬らないし普通斬れないわよ……」

「マジで？」

「だって神々が用意した物なんですよ……？」

「嘘ぉ」

二人は困惑した様子で俺のことを見てくる。

え？　鬱陶しくない？

特に今回の文字列、過去一で鬱陶しい感じだよ。

「というか、あなたの剣ってなんなの？　エルドラの時、私の五十五口径弾丸にも耐えてたわよね？　普通の剣じゃ無理だと思うんだけど」

そういえばそんなことあったな。

「あー……この剣な。俺の爺ちゃんから貰った物だよ。いい物だから受け取ってくれって無理やり手渡された」

そう言うと、リリーは苦笑しながら首を傾げる。

「あの……あなたのお爺さんって何者なの？　普通の剣じゃないのは間違いないわよ」

「なんだっけか。元剣聖とか言ってた気がする」

あんま記憶にないけど。

肩書きとか興味がなかったからなぁ。

というか、爺ちゃん元気にしてるかな。

色々終わったら久しぶりに会いに行くか。

「剣聖⁉」

「本当ですか⁉」

「ああ。本当かどうかは知らんけど、何回か国を救ったとか自慢してたなぁ」

懐かしいなぁ。

「ねえカレン。やっぱりこの人すごすぎるわよ……！」

「ヤバすぎますね……！　マジヤバな人仲間にしちゃいましたね……！」

「おいおいマジヤバってなんだよ。もしかしてヤバい人って思ってる？　普通に悲しいんだけど」

俺が悲しそうにすると、二人は全力で首を横に振る。

「違います！　いい意味でマジヤバなんです！」

「そうそう！　いい意味のマジヤバ！」

「そう……？　マジヤバって色々と使い道あるんだな」

やっぱり若い子が使う言葉は分からんな。

まあ俺もそこまで歳が離れているってわけじゃないけど！

多分、そういうのに興味がなかったから知らないだけだと思うけど！

「んじゃ行くぞ。ここで会話をしながらのんびりするのも悪くはないけどな」

どちらにせよ暇つぶしにはなるし。

「そうね！　早速行くわよ！」

「行きましょう！」

俺が先頭に立って階段を上っていく。

壁にはたくさんの歯車があって音を立てて回っている。

見た感じただの装飾だとは思うけど。

時計塔の時計は一つだったからさすがにここまでたくさんの歯車が全部時計を動かすための物

ではないだろう。

雰囲気作りの装飾って考えると、神様も可愛いところあるんだなと思う。

周辺住民への被害を考えたら、可愛くはないんだけどな。

「ふう……上った上った。ええと、ここが第二階層になるわけか」

細い時計塔の中のはずなのに、奥が見えないほど長い通路が目の前にある。

ここまで空間が歪んでいると、頭の中がおかしくなりそうだ。

「よし！　頑張るわよ！」

「もちろんです！」

「ああ。死なない程度に気合い入れてこう」

「それにしても細い通路だな」

長い通路ではあるが、決して横幅は広くない。

成人男性が二人並んでやっと通れるくらいの幅である。

冒険者ではない者にとっては「普通じゃない？」と言われそうではあるが、ダンジョンで言うと普通ではない。

この幅だと魔物と遭遇した際に戦闘に支障が出るレベルだ。

特に後ろの二人が問題。

彼女らは遠距離武器を使う。

そして、俺が前に出て戦うわけだ。

とどのつまり、ある程度幅がないと彼女達が放った攻撃に俺が当たる可能性がある。

「戦いづらい構造しているわね……」

「とりあえず基本は俺が主体で攻撃する。とりあえず二人は……ええとクリアリーだったか。クリアリー戦に備えてくれ」

「分かりました。念のため、軽いバフを発動しておきますね。ケネスさんには必要ないと思いますが……」

「いやありがたいよ。サンキュー」

感謝を述べ、前へと進んでいく。

というか、前に進むしかなかった。

分かれ道があるわけでもなく、複雑な構造なわけでもない。

ただ薄暗い廊下を歩いて行く。

「これ本当に大丈夫なのか――」

瞬間、横から時計の針のような物が突き出てきた。

「あっぶね⁉」

あと一歩進んでいたら脳天をやられていた。

俺はバックして、針が出た場所から距離を取る。

ヒヤヒヤしながら前を見ていると、壁から手が出てきた。

「どうなってるのあれ……」

「壁から手が……⁉」

とにかくヤバそうなのは分かった。

それは理解したので、とりあえず斬ることにした。

「お前やりやがったな！　危うく死ぬところだったぞ！」

――バシュン！

「斬るの⁉」

「斬るんですか⁉」

二人が驚きの声を上げるが、当然斬るだろ。

相変わらず俺の判断は二人の想像を超えてしまうらしい。

暇人のすることは分かって貰えないんだよな。

困っちまうぜ。

「何か問題あるか？　って言ってももう斬っちまったけどな」

俺が斬ったのは手の形をした『木』だった。

手が出てきた壁の裂け目から、次第に胴体が出てくる。

そして、目の前に人の形をした人形のような物が現れた。

おお……これまた珍しい魔物だな。

見た目だけでは詳細は分からないが、俺が知っている魔物に当てはめるならばアンデッドの類だろう。

三歳児ほどの大きさではあるが、表情などはない。

一見、ただの木の人形のような物だ。

――シュン！

「っと！」

再度針がこちらに飛んでくる。

咄嗟に剣で弾き飛ばし、相手を見据えた。

どうやら木の人形の胴体から発射されているらしい。

なるほどな。木の体でもそれなりの戦闘能力を持っているらしい。

面白いことをするな。

もし俺がこんなびっくり人間になったら同じ戦法を取るかもしれない。

「こんな魔物が出るから廊下の幅が狭いのね……！」

「ケネス！　大丈夫ですか！」

「大丈夫大丈夫。ここは俺に任せて、二人はのんびりとお茶会でもしていてくれ」

相手はただの木偶《でく》の坊《ぼう》だ。

ただ、痛みを感じない分厄介なだけ。

ま、それすらもある意味こちらにとっては都合がいいんだけど。

「お前、いくら斬ったって無駄だって思ってるだろ」

『…………』

「答えねえか。そりゃ口が付いていないもんな」

見たところ、俺が斬った手の傷は地味に回復していっているらしい。

まるで時計の針が逆回転しているみたいに傷が徐々に塞がって元の状態に戻っていっている。

さすがは時計塔の中の迷宮。

面白い魔物が棲み着いているな。

「まずいい回復技術だってことは褒めて――」

――シュン！

俺がせっかく暇つぶしに会話してやろうとしたのに、お構いなしに針で攻撃してくる。

背後にいるリリー達に当たらないよう、飛んできた針を思い切り叩き落とした。

「危ねえな、おい！　褒めてやってるんだから話くらい聞け！」

『…………！』

「ちっ……！」

今度は何本もの針が飛んでくる。

俺はどうにか全て剣で弾き飛ばしながら前進していく。

「あの針を全部叩き落としているの……？」

「私には見えないレベルなのですが……といいますか、多分私なら死んでます……」

これくらいどうってことはない。

多分ある程度の剣士ならできるだろう。

よく知らないけど。

少なくとも俺の爺ちゃんはできるだろ。

「もう遊ぶのはこれくらいでいいわな！　俺もそろそろ頭に来たぞ！」

話全く聞いてくれねえしよ！

おっさんの話は聞いて損はねえってのに。

「お前の弱点は大方分かっている。生半可な攻撃しても再生するんだろ？　なら――」

発射され続ける針を全て落とし、俺は一気に距離を詰める。

攻撃の正解――それはもう分かりきっている。

「一発で――全身にダメージを行き渡らせる！」

俺は剣の持ち手を逆さに構え、グリップ部分を相手にぶつける。

《打撃強化》――これを剣に付与させた。

もちろん俺は魔法剣士などではない。

だから簡単なバフ魔法ではあるが――的確に急所を狙えば問題ない。

――ガツンッッッ‼

木偶の坊に当たると、体全体が振動しぶくりと膨らんで――爆裂した。

木々の破片がこちらに飛んできそうになったところを、カレンが結界魔法を発動して防いでくれた。

「ふう。面白い魔物だったわ」

「あれを一撃で……嘘でしょ？」

「弱点を即分析したんですか？」

「ああ……勘だな。経験だよ経験」

「「嘘……」」

そりゃ長いこと冒険者してるからな。

これくらい序の口だ。

「多分あれ……Aランク以上よね？」

「間違いなく……」

「お前ら何か言ったか？」

「「なんでもない」」

「おう？」

なんだか裏で悪口でも言われてるのか？

最近の若い子は怖いな。

「はぁぁぁぁ！！！！」

その後も現れる木偶の坊を、かけ声とともに一気に破壊していく。

ここはこいつがメインに現れる迷宮らしい。

前回の迷宮と違って、なんというか刺激的だ。

エルドラでは既存の魔物がメインの戦闘だったしな。

「あたしも一回やってみてもいい？」

「私もやってみたいです！」

「いいけど、お前ら大丈夫か？」

確かに見ているだけってのは彼女達にとっても物足りないだろう。

しかし今後の戦闘を考えたら体力は温存しておいた方がいいと思っているんだけど。

「一気に破壊すればいいんでしょ？」

「ですよね？」

「ああ。まあそうだな」

あいつらは回復能力に長けているが、一気に全てを破壊する攻撃には弱い。

つまり一撃で完膚なきまでに叩きのめすことができれば、誰だって倒せるはずである。

「んじゃ試してみるか――」

瞬時に飛んできた針を俺が破壊する。

「だから、お前話してる時に攻撃してくんな！」

この魔物わざとやっているのか？

それなら本当に鬱陶しいんだけど。

確かに攻撃するチャンスかもしれないが。

でもさ、ちょっとは待ってくれてもいいじゃん。

「よし！　やるわよ！　《拳銃変形》！」

「任せてください！　《魔力大強化》」

二人はそう言って、攻撃の構えを取る。

リリーはエルドラを倒した時に使った拳銃を変形する技を使っているようだった。

ふと思えば五十五口径弾丸ってヤバいよな。

あんな超火力をよくもまあ両手で支えられるものだ。

多分拳銃自体にも何かしらのバフが付与されているのだろうが。

そして、カレン。

彼女に関しては未知数だ。

《魔力大強化》という技自体も見るのが今回初である。

とりあえず危なそうだから彼女達の後ろにいるか。

背後で腕組みしてそれっぽい雰囲気でも出しておこう。

『『『………』』』

複数体現れた木偶の坊がこちらに向かって連続して針を飛ばしてくる。

って、二人ともあの針を対処できるのか⁉

俺は咄嗟に前に出て、飛んできた無数の針を斬り落としていく。

「ありがとう！」

「助かります！」

「いいんだ！　仲間だしな！」

にしても、こいつらずっと撃ってくるな。

俺が直接攻撃した方が早いが――経験も大切だ。

俺も色々な人に支えられながら場数を踏んできた。

今度は俺の番である。

「俺のことは気にせず撃て！　気合いで避けるから！」

そう言うと、二人はコクリと頷く。

そして――

「「ブラストォォォ！！」」

俺の背後から高火力な弾丸と魔法弾が一気に発射された。

まさに魔物達にとっては地獄と言ってもいいだろう。

こんな狭いスペースなんだ。

避けることも逃げることもできない。

ちなみに俺もヤバかった。

咄嗟に壁に張り付いて、ギリギリのところ回避したのだ。

辺りが静まり返ったのを確認して、俺は轟音と共に放たれたそれが、木偶の坊を消し炭にしたのを確認しに行く。

「やりました‼」

「やったわよ‼」

「お前らやるな！　やっぱりSランクなだけある！」

少なくともエドやアナにはできない攻撃だ。

あいつらは少し油断しすぎる節があるからな。

俺は嬉しく思いながら二人の下に戻る……のだが。

――ガシャァァアン‼

遠くの方で、絶対してはいけない音が鳴った。

多分、二人が放った攻撃が奥へと届いた結果だと思うんだけど。

「迷宮の壁か何かを破壊したのか……？」

それって相当だと思うんだけどな。

多分、二人の攻撃が合わさった結果なんだろうが。

「あたし達、何かやっちゃいました？」

「やらかしました？」

「ああ……多分やらかしてるわ」

まあ、あんな高火力をぶつけられたらとんでもないだろうしな。

迷宮の壁が悲鳴を上げるのも無理はない。

だが気になることがある。

この時空が歪んだ迷宮。壁の向こう側には一体何があるのだろうか。

外に出ることになるのか……あるいは階層や場所をスキップすることができるのか。

エルドラでは真っ逆さまに落下したから最下層に行ったのが分かったが、一体ここはどこだ？

「二人とも、音がした方に行ってみるか。気になるだろ」

「同じく。行ってみようと思う」

「少し怖いですけど……行く価値はありそうです！」

「満場一致だな」

言いながら、俺達は音のした前の方へと進んでいく。

時折現れる木偶の坊を俺が倒しつつではあるが。

というか、俺への負担が半端じゃないな。

やっぱり少しは手伝って貰った方がいいかも……。

いや、駄目だ俺。

おっさんとして、先輩として若い子にはいいところを見せないといけない。

若い子にはまだまだ負けない。

俺もまだ若いけどね！

「さっすが！」

「頼りになります！」

うんうん悪い気はしない。

なんかよく考えてみればいい具合に扱われている気もしなくもないけどね。

いや、おっさん別にいいよ。

若い子の役に立てるならなんでもする。

ほら、よくあるじゃん。

息子や娘に頼られると、お父さんが嬉しくなっちゃうやつ。

多分それだよそれ。

別にそこまで歳は離れていないと思うけどね！

「ここか」

しばらくまっすぐ進んでいると、通路は行き止まりになり、彼女達が破壊したと思われる壁までやってきた。

そこにはかなり大きな穴が空いており、彼女達の攻撃の破壊力がうかがえる。

「壁の向こうは……狭い通路だな。とりあえず入ってみるか」

そう言いながら、壁に空いた穴の中に入った瞬間だった。

カチッと音が鳴ったのは。

「なあ、何か今音鳴らなかったか？」

「確かに鳴ったわね。カチッて」

「何か物でも踏んだんですかね？」

踏んだにしては感覚もなかったし、見た感じ、音がしそうな物など落ちていなかった。

……いや待て。

一つだけ可能性があるわ。目に見えないけど、音がする物が。

枝だとか石だとか、そんな物ばっか想像してたから完全に抜けていた。

トラップだ。

「うっわー、最悪だ。トラップの可能性がある。周囲を警戒しろ」

「トラップ⁉」

「なんでこんな場所に⁉　正規ルートじゃないはずですよね⁉」

「んだと思うんだけどな……！」

お互い背中を合わせて警戒態勢に入る。

しかし何も起こらない。

……やっぱり何かの勘違いだったか？

正規ルートを使わないとは姑息な
それではとっておきの――を味わわせてやろう

俺の目の前に再び文字列が浮かび上がる。

「は……？　何言ってんだこいつ」

せいぜい楽しめ
神様からのとっておき――

とりあえず斬り落とした。

「多分何か来るぞ。鬱陶しい神様が言ってる」

「何か来るって何が――うわ⁉」

急に床が音を立てながら斜めに上昇していく。

床が浮き上がり、階段状になった。

上の方を見上げると、木偶の坊がたくさん出現している。

「あの大量の木偶の坊を倒しながら上に行けってことか？」

面倒くさいな、なんて思っていると背後からガシャンという音がした。

振り返ってみると、俺達が先程入ってきた穴が塞がれている。

――ガシャン！

というか……壁が近付いてきている？

――ガシャン！

やっぱ近付いてきてるよな⁉

こっちに迫って来てるよな⁉

「リリー、カレン！　上に走れ！　これ潰されるぞ！」

「でも上には大量の魔物が！」

「やるっきゃねえだろ！　神の野郎、本当にいい趣味してやがる！　これで何人の人間を殺したんだ！」

完全にトラップに嵌められてってことだ！

「俺が全部やる！　だから二人は気にせず俺の後ろを走ってこい！」

「嘘でしょ⁉　本当にやるの⁉」

「相手は再生力のある化け物ですよ⁉」

「ここで潰れるよりかはチャレンジする方がマシだ！　走れ！」

俺は剣を引き抜き、逆手で持つ。

「カレン！　ちょっと《打撃強化》のバフをくれ！　魔力は温存しておきたいから軽いやつでいい！」

「分かりました！　《打撃強化》」

俺も同時に、《打撃強化》のバフを発動する。

カレンのバフもあり、飛躍的に効果は上がったはずだ。

ここは気合いで乗り切るしかないな。

暇つぶしの活動で死ぬわけにはいかない。

暇人舐めんなよ神の野郎！
「喰らえ木偶の坊‼」
グリップを相手の胸に向かって思い切り突き立てる。
木偶の坊の全身に衝撃が響き渡り、破裂する。
それをカレンが結界魔法で防ぐ。
やはり相手は数が多いので一体倒してもまた無数の針が飛んでくる。
これを結界魔法で防ぐことができればいいのだが、生憎とすり抜けてくる。
さすがは生半可な者を通らせない迷宮。
魔物もそれ相応のもんだ。
針を防ぎながら打撃を与えるってのはなかなか苦しい。
だがランニングハイという言葉があるように、少しテンションが上がっていた。
なんせ俺は飛び切りの暇人なのだ。
こんな面白い敵とトラップが出てきてドキドキしないわけがない。
「蹂躙！　蹂躙だぁぁぁぁぁ‼」
針が頬を掠めるが気にしない。
後ろにいる二人に当たらなければ全くの無問題だ。
自分が負う傷なんて多少のことなら許してやる。
痛いのは嫌だから全力でやり返すけどな！
背後からどんどん壁が迫ってきている。

けれど――俺達の方が速い！

「すごい速度です……相手が相手なのに」

「さすがはケネスだわ！　剣技に関しては負ける奴なんて絶対に存在しないもの！」

「あれ⁉　今剣技だけって言った⁉　もしかして悪口⁉」

とりあえず八つ当たりで目の前にいる木偶の坊を一気に三体ほど破壊した。

「悪口じゃないってば！」

「どうだかな！」

最近の若い子は陰湿だったりするかもしれない。

特に歳の差があるのだ。

やっぱり嫌な部分があったりするだろう。

俺もそうだった。

爺ちゃんとはことあるごとに喧嘩したものだ。

クソ……まさか俺が爺ちゃんにしたことが返ってくるとは。

それならもう少し優しくしておくべきだった。

歳を取ってから後悔しても遅いってのはこのことか。

まだ爺ちゃんピンピンしてるけどな！

「あれは……出口か！」

薄暗い階段、見上げてみると穴が見えてきた。

やっと出口か……。

神様のことだから「出口なんてないぜすまんな！」みたいな展開があるのかと思っていたが安心した。

そうなったらなったで、破壊して出口を作るまでだけど。

ともあれ俺らと戦う意思はあるってことだ。

なら待ってろよ。今すぐにボコってやるからな。

「これで――最後だ！　穴の中に飛び込め！」

最後の一体を破壊し、俺達は正面の穴の中に飛び込む。

「痛っ⁉」

「ごめん！」

飛び込む瞬間、リリーの体が思い切り直撃し俺は顔面から床に落ちた。

痛む顔を押さえながら、体を起こそうとする。

瞬間、目が合った。

「おいおい……ここでボス戦かよ」

目の前には、先程の木偶の坊とは比較にならない――俺の身長の二倍ほどの巨体があった。

壁面で無数の歯車がギコギコと回っている広い空間。

そこには明らかに特殊な形態の木偶の坊がいた。

無機質な顔には飾りだろうか、木片で目と口が描かれていた。

いやー、普通に恐ろしいわこれ。

「や、ヤバくない？」

「あれ……めちゃくちゃ大きいですよ……？」

「大きいな。ここが何階層かは知らないが、少なくともどっかの階層の主には違いないだろう」

マジで趣味が悪いな。

裏ルートを使った結果面倒な目に遭って、挙げ句の果てには突然ボス戦か。

あの神野郎、完全に殺す気でいるな。

「武器を構えろ。リリーはミスリル合金弾丸使えそうか」

「大丈夫。かなり回復してるから二発は撃てる」

「よし。なら一発だけしか撃つなよ。それも万が一の時に限って発砲してくれ」

「了解」

「カレンはバフに徹してくれ。俺がメインで戦うからとりあえず《打撃強化》を頼む。強力なのを頼んだ」

「分かりました」

俺はぎゅっとグリップを摑む。

逆手に持ち、相手を見据える。

暇人にとって相手に不足なし。

「来いよ、ちょっと大きいだけの木偶の坊野郎！」

言った刹那、相手が巨大な体軀を動かして地面に手を突いた。

ガクンと室内が揺れ、足がぐらつく。

「おお⁉」

同時に地面から針が飛び出してくる。

おいおい完全に上位互換じゃないか！

「ヤバい……ヤバいなこれ‼」

最高にドキドキするじゃないか！

俺は自分の方に飛んできた針を全て斬り捨て、剣をすかさずリリー達の方に投げる。

剣は回転しながら針を薙ぎ払っていき、壁に突き刺さった。

「嘘……絶対終わったって思ったわ……」

「あ、ありがとうございます！」

「これくらい気にすんな！　それよりもだ！」

俺は生憎と今、剣を持っていない。

壁に突き刺さっているが、取りに行くにはあまりにも時間がかかりすぎる。

「すまないカレン！　俺に《防御強化》と《速度強化》を頼む！」

「ええ⁉　確かに効果はあるかもしれませんがあの魔物相手に――」

「大丈夫だ！　とりあえず頼む！」

「わ、分かりましたぁ！　《防御強化》《速度強化》！」

自分にバフが付与されたのを確認した後、ぎゅっと拳を握りしめる。

「リリー！　やっぱミスリルは不要だ！　とっておきの五十五口径弾丸は何発持ってる⁉」

「今持ち合わせているのは五発！」

「分かった！　それじゃあ、あいつに撃ってくれ！」

「でも勝ち筋はあるの⁉」

「いいから信じろ！　時間はねえぞ！」

今にも木偶の坊が新たな攻撃を仕掛けてこようとしている。

猶予は残り数秒といったところか。

余裕だな。

「《拳銃変形》っ！　穿て！」

轟音と共に、俺の横を銃弾が飛んでいく。

一気に加速し、木偶の坊に直撃した。

普通の木偶の坊相手なら致命傷になったかもしれないが、相手の体軀が大きすぎて時間稼ぎにしかならない。

それが『目的』だから問題ねえが。

木偶の坊が後ろに大きく仰け反ったのを俺は見過ごさない。

歯を食いしばり、自分でも《防御強化》と《速度強化》のバフを付与する。

これで単純計算で二倍の効果だ。

俺は地面を蹴り、一気に加速する。

「何をする気なの⁉」

「武器も持っていないんですよ⁉」

「そんなの関係ない！　ないものは仕方ねえからな！」

ないものをいくら求めたって手に入ることはない。

残念ながらそんな都合よく世界は回っていない。

けど、ないからこそできる動きってものがある。

ボールがなかったらどうする？

そこら辺の石で妥協するしかない。

魔法がなかったら？

剣や槍で妥協するしかない。

ならば『剣』がなかったらどうする。

――拳で妥協するしかないわな！

「速度は十分！　防御強化もあるから拳はある程度痛くねえ！　打撃強化のおかげで一撃は上等！」

仰け反った巨人の目の前に到達した俺は、拳を引き。

そして放った。

「喰らえ！　剣士の俺が特別に拳でぶん殴ってやる！　受け取りやがれぇぇぇぇぇぇぇ‼」

――ゴキュゥウウウウウウウウン！！

俺が放った一撃が木偶の坊の胸に直撃する。

やっぱり木の塊を素手で殴るのは痛いな。

だが――最高に気持ちがいい！

瞬間、木偶の坊にヒビが入る。

ピキピキと音を鳴らしながら、右往左往する。

「カレン！　結界魔法！」

「はい‼」

今にも壊れてしまいそうな体で、こちらに走ってくる木偶の坊がカレンの結界魔法に体をぶつける。

「自爆特攻か。良い作戦だ。だが俺達の方が一枚上手だったな」

瞬間、結界魔法にぶつかった衝撃で木偶の坊が爆散した。

拡散した破片が結界を揺らす。

しかしこれくらいの爆散ではカレンの結界魔法は破られない。

散り散りになった頃合いに、カレンは結界を解除する。

「すごい……素手でやったんですか本当に？」

「ああ、でも俺もまさか素手でやることになるとは思わなかったけどな」

言いながら、壁に刺さっている剣を引き抜く。

さすがは爺ちゃんの剣だ。

あんな無茶なことをしたのに、傷一つついていない。

「あなた剣士なのよね？　なんで素手でもそんなに強いの？」

そう言われて、俺はうーんと悩む。

「いっぱい経験積んだから……かなぁ」

「化け物だわやっぱ。うん、化け物」

「それ褒め言葉でいいんだよね？」

「全力で褒めてるわよ。ね、カレン」

「その通りです！　素手で魔物を殴る剣士なんて聞いたことありません！」

「んじゃま、ありがとな」

とりあえず納得して、俺は前を見る。

「どうやら出迎えてくれるらしい」

目の前に突如現れた扉を睨めつけ、ニヤリと笑った。

「あれは……もしかして」

「もしかしてだろうな。神様のことだ、丁重にお出迎えするつもりらしい」

扉の隙間からは光が漏れている。

そこだけが異様な雰囲気を放っており、普通の人間なら踏み込むのすら躊躇してしまうだろう。

「きっと楽しんでるのさ。なんせ剣士の俺が拳で殴りつけて止めを刺すっていう面白い動きをしたからな」

「恐ろしい行動ですよほんと。剣士が剣を捨てて拳で行くなんて」

「暇人だからな。経験を積む時間はいくらでもある」

「暇人の概念が壊れるわよ……世の中の暇人が英雄に見えてくるわ」

「そうか？　俺は少なくとも英雄なんかじゃない。ただの暇人だと思うけど」

「思わない」

「思いません」

「あ、ああそう……」

過剰な反応だと思うんだけどな。

あ、やっぱり遠回しに俺に対して悪口を言っているのか？

全く最近の若者は怖いな。

俺も若いけど！

「で、行くんだろ。心の準備はできたか？」

俺が尋ねると、二人はコクリと頷く。

「もちろんよ！」

「当たり前です！」

「良い返事だ」

二人の返事に気をよくした俺は笑みを浮かべ、くるりと扉の方に向く。

「んじゃ、行くか」

扉に向かって歩き、ドアノブを握る。

すっげえ圧力だ。

ドアノブに手をかけただけで胃が痛くなるレベル。

暇人にとってはこれほど充実した瞬間はないだろう。

この扉をくぐったらどうなるんだ。

どれほど俺の暇時間が充実することか。

待ってろよ神！

俺はドアノブを回し、扉を開く――。

『迷宮はどうだった。楽しかったか、勇気ある人間達よ』

扉を開けると、エルドラを倒した時と同じような真っ白な空間があり、人間の姿をした奴が一人立っていた。

こいつがこの迷宮の神様か。

性別はどちらかと言えば男に見える。

瞳の中には時計が映っていて、髪には歯車の装飾が施されている。

さすがは神様というだけあって、身なりは美しい。

「楽しかったよ。本当、殺す気満々なのをめちゃくちゃ感じたわ」

俺がそう言うと、神は笑う。

『そりゃ殺すつもりで行くだろう。なんせエルドラを倒したというのだからな』

「へえ。知ってるんだそういうの」

『もちろん分かる。だが人間、私はエルドラと違ってそう甘くはないぞ』

神はニヤリと笑い、手を前に突き出す。

すると、神々しい光と共に巨大な時計の針が現れた。

神はそれをぎゅっと握りしめ、こちらを睨めつけてくる。

『私はクリアリー。この迷宮を作りし者。作法だ、最初に貴様らの目的を聞こうじゃないか』

「だってよ二人とも」

俺は適当に手を振りながら、二人に話を振る。

「あたしは力を手に入れるため、誰かを助けるためにここにいる」

「私達は誰かの心に刻まれるために戦っています。だから、強くならなければいけないのです！」

『力を欲するか。まあ、もちろん知ってはいたがな。分かった分かった。前置きはこれくらいでいいだろう』

そう言うと、クリアリーが手に持った巨大な時計の針を振るう。

すると、何もない真っ白な空間に壁が現れた。

大量の時計で覆われた壁である。

それらがカチカチと時を刻んでいる音は、静かな空間ではかなりの音量のように思える。

それほど場が緊張状態にあるとも言える。

「オシャレなんだな。エルドラの時は真っ白な空間で戦ってたってのに」

嫌みのつもりで言うと、クリアリーは顎に手を当てて何かを思い出すような素振りを見せた。

『ああ……あいつは適当なところがあるからな。戦闘の興奮、楽しさ、全てを分かっていない。正直言って、私はエルドラが嫌いだ』

「神様同士でも好き嫌いあるんだな。そこら辺は人間と一緒って感じか」

神々の世界でもそういう好き嫌いがあるって考えると、天国なんて存在するのか疑ってしまう。

人々は天国があるだなんて信じているが、こうなってくると誰も信じられなくなるな。

きっと天国でも陰湿なイジメだったりがあるのだろう。

ああ怖い怖い。

『貴様、神を馬鹿にしているのか？』

「馬鹿にしているっていうか、神様ってのも万能じゃないんだなってな」

『ふむ。神である私を愚弄するか。その度胸は褒めてやろう。素晴らしい勇気だ。死を恐れていないということだ』

「いや、死ぬのは怖い。絶対に嫌だ」

俺が全力で首を振ると、クリアリーは疑問の表情を浮かべる。

首を傾げて、眉を顰めた。

『ならばなぜ神である私にそのようなことが言える。普通の人間ならば恐ろしくて言えないはず』

ああ……それはなんだろうな。

いざ聞かれてみると、上手く説明できない。

だってこれが俺の性格だしな。

性格ってのは根っからのものだから「どうして」と問われても答えに困る。

まあ……強いて言うならだな。

「暇人だからじゃないか。ほら、暇人って人のそういうところを突くのが好きなんだよ」

これが俺の答えである。

というか、俺の行動理由が全て暇だからに帰結する。

『ふむ。興味深いな。少なくとも、エルドラよりかは気に入った。褒めてやる』

「ありがとさん。神様に褒められて俺は光栄ですよ」

言いながら、俺は剣のグリップに手を置く。

「んじゃ、やり合うか。俺にとっては二回目の神様との戦闘だが、お前にとっては初めての人間との勝負か」

『そうなるな。しっかり楽しませてくれよ、勇気ある人間』

神との戦いを前に俺はくすりと笑い、背後の二人に声をかける。

「さあ、戦闘のお時間だ」

俺は剣を引き抜き、剣先を相手に向ける。

クリアリーも時計の針を俺の方へと向けた。

「カレン、リリー！　撃ちまくれ！」

「分かったわ！」

「了解です！」

俺の背後から弾丸と魔法弾が飛んでいく。

何発もの弾がクリアリーに直撃しようとする。

『連撃か、面白いことをする』

しかし、クリアリーは物ともしない。

動じず冷静に弾丸と魔法弾を針で落としていく。

まさに神業ってやつだ。

あんな攻撃を冷静に確実に防ぐなんて人間では不可能だろうに。

『《ストップ》』

瞬間、クリアリーに向かって突き進んでいた弾丸が空中で停止した。

クリアリーは静かに弾丸を触っている。

『これが人間の技術か。成長したものだ』

「嘘でしょ……？」

「弾丸が……止まった⁉」

一体全体何が起こっているのか、俺も一瞬理解できなかった。

ただすぐに状況を把握する。

弾丸に関する時がクリアリーの能力によって止められたのだ。

「さすがは時計塔をモチーフにした迷宮だけあるな。時を止めるなんて」

『余裕そうだな。まあすぐに冷静さなんて吹き飛ぶだろうが』

言いながら、クリアリーは全ての弾丸に何かを付与していた。

何かしてくるな、これ。

『《ムーブ》』

刹那、弾丸が進行方向を変えてこちらに向かってきた。

やっぱり変なことしてきたか……！

「結界魔法‼」

俺が叫ぶと同時に、カレンが結界魔法を発動する。

「ちょっとケネス⁉」

同時に結界魔法から飛び出し、剣で可能な限りの弾丸を叩き落としていく。

完全に結界魔法で防ぎ切るのは不可能だと判断したからだ。

さすがにカレンの力があっても難しかっただろう。

案の定、カレンの結界魔法は最後の一発を喰らって破壊された。

飛び出してなかったらヤバかったな。

『私は物の時を止めることができる。弾丸など、私の敵ではない』

「へぇ。面白い能力じゃないか」

剣を肩に当て、ニヤリと笑う。

「物と言ったな。ちなみに人間ならどうだ。止められるのか？」

『人間など止める必要がない。そもそも、貴様らが私に勝つことなど不可能なのだ』

「試しにやってみろよ。俺、興味があるわ」

ちょいちょいと手を振ってみると、クリアリーが眉間にシワを寄せる。

ぐっと拳を握りしめて、針をこちらに向けた。

『ならばやってやろう。《ストップ》』

瞬間、体が硬直する。

うっわ、本当だ。マジで動けない。

「すげえな。これ、新体験」

『どうだ。絶望したか？』

「ああ。絶望した絶望した。俺一人の時を止められちゃ、動けないじゃないか」

あまり自由が利かない表情筋を無理やり動かし、笑みを浮かべる。

「俺から目を離すんじゃねえぞ、クリアリーさんよぉ！」

その刹那、俺の隣を高速で何かが通り抜けていく。
「《魔力大強化》《攻撃大強化》。魔法弾、発射」
「《拳銃変形》ミスリル合金弾、穿て」
二人が放った弾丸である。
『なっ⁉』
クリアリーの能力には大きな欠点があった。
それは、一つの物あるいは者の時間しか止められないこと。
あいつはリリーとカレンの攻撃を封じる時、魔法弾だけを全て消し去った。
そして残った弾丸の時だけを止め、こちらに跳ね返してきたのだ。
今、クリアリーは動けない。
俺の拘束を解除すれば、俺が一目散にあいつをやりにいく。
しかし、時を止めなければ弾丸と魔法弾が当たる。
けれど俺の時を止めている限りそれは不可能だ。
もう弾丸と魔法弾は発射されていて、クリアリーは俺に対して能力を発動している。
今から弾丸と魔法弾を封じるのは難しいって話だ。
『あがっ……⁉　嘘だ……嘘だ……！』
クリアリーは体に空いた穴を見据え、両手を震わせている。
まさかこんなにも早く能力の欠陥に気が付かれるとは思ってもいなかったのだろう。
あまり俺を舐めるな。

暇人は暇だから人間観察はよくするんだ。

「お、解除された」

俺は体の自由が利くようになったのを確認し、剣を握り直す。

一歩、また一歩とクリアリーに近付く。

「クリアリー、少し暇人を舐めすぎたな」

『貴様のような人間に……！　いいだろう、決着の時だ！』

ボロボロの体を動かし、クリアリーは針を俺に向かって突き刺してくる。

「ああ決着だ。俺達の勝ちってことで」

跳躍し、俺は針の上に乗る。

そして思い切り剣を振るった。

クリアリーの胸に刻まれた傷は間違いなく致命傷である。

『あ、ああ……』

クリアリーが膝を突いて、胸を押さえる。

俺は剣を鞘に納めて、振り返る。

「ナイス攻撃だった！　ははは、今回は作戦勝ちって感じだな」

「さすがケネス！　でもでも、単身で突っ込んでいった時は心配したよ！」

「ですです！　でも、かっこよかったです！」

こちらに二人が駆け寄ってきて、俺の方にダイブしてくる。

「おおっ!?」

地面に押し倒され、思い切り頭を打った。

普通に痛い……というか胸当たってるのよ。

おっさんに何やってんだ。

「離れろ離れろ……」

俺が困っていると、遠くからため息が聞こえてくる。

『おめでとう。貴様達の勝ちだ』

致命傷を負ったはずだが、既に傷の一部分は回復している。

さすがは神様だ。完全に倒し切るってのは不可能に近いのだろう。

まあ倒しちゃうと本末転倒なんだけど。

『負けてしまったものは仕方がない。褒美をくれてやろう。決まりだからな』

『とはいえ……貴様は加護を欲しがらないのだろう？　ケネスよ』

クリアリーは不機嫌そうに俺のことを睨めつける。

なんだか不満そうな表情を浮かべていた。

不満になる意味が分からないんだけども。

「なんだ、エルドラから話を聞いていたのか」

『天界に行ってしまったエルドラから聞くわけがないだろう。大体、聞けたとしてもあいつと話すのは純粋に不快だ』

「ええ？　それじゃあ誰から聞いたんだよ」

尋ねると、クリアリーはわざとらしく視線を逸らす。

なんだ……？　隠し事でもあるのか？

別に誰から話を聞いたかなんて隠すことでもないだろうに。

『……私より何百倍も偉い人だ。いるんだよ、神様にも代表ってやつが』

「偉い人、ね。初耳案件だな。詳しく聞かせて貰えたりするか。生憎と俺は暇でそういう類の話を聞くのが好きなんだ」

『現段階では不可能だ。諦めてくれ』

意味ありげにクリアリーは言う。

「現段階ってことは、いつか知る機会でもあるってことか？」

『いつかな。どうやら貴様らは選ばれた人間らしい』

選ばれた人間だって？

「どゆこと？」

「なんですかそれ」

「同じくだ。なんだよそれ」

尋ねるが、クリアリーは答える気はないらしい。

『それ以上は聞くな、人間よ。私は私で不満なんだ。貴様のような人間が選ばれたということが』

あからさまに俺を睨みながら言ってくる。

なんだよ。もしかして俺って神様の界隈では嫌われ者なのか？

確かに嫌われやすい性格していると思うけど、まさか神様達にまでとは。

これこそある意味神業なんじゃないか？

ここまで来たら誇っていいよなこれ。

『ニヤついているこの男は放っておいて、私の担当はカレン。貴様だ』

「は、はい！」

「おめでとうカレン！」

俺が一人ニヤついているのがバレていたらしい。

クリアリーがカレンのもとまで歩いていき、指を弾くと球体が現れる。

どうやら加護の形ってのは神様共通らしい。

『貴様は何が欲しい。何を望む』

「の、望む……ですか？」

望むって……これまたなんでもあげるような言い方をするじゃないか。

リリーの時はエルドラが選んで与えていたが……一体どういうつもりなのだろうか。

俺がじっと見ていると、クリアリーがこちらを見てくる。

『はぁ……。あれだよ。私はエルドラに負けるのが嫌いだからね、こういう時にいいところを見せておかないと。エルドラより能力が低いなんて扱いされるのが我慢ならないんだ』

「お前……可愛いところあるな」

『ぶち殺すぞ人間』

「そう簡単には殺されねえぞマジで。暇人舐めんなよ？　知ってるか？　過去に何もやってない暇人から賢者になった奴もいるんだぞおら」

『……そうだな。悪かった』

「お、おう」

やけに素直だったせいで動揺してしまった。

なんなんだこのクリアリーとやらは。

偉そうにしているが実は内心ドキドキの小心者だったりするんじゃね？

『やはり殺すぞ人間』

「心を読んでくるのはなしだと思うわ」

こほんと咳払いをして、クリアリーは再度カレンを見る。

『言ってみろ、人間』

「わ、私は……！」

カレンが前に出て、ぎゅっと拳を握る。

じっとクリアリーの瞳を見据え、

「誰かの役に立てる力が欲しいです……！」

『貴様、己のための強さを求めないのか？』

クリアリーが不思議そうに尋ねると、カレンが決心した様子で頷く。

それを見て、彼もうむと頷いた。

『いいだろう。誰かの役に立つ力、それまた己の力だ。誰かを助けるためには力がいる。そのための力を与えよう』

クリアリーが球体を指で弾くと、カレンの胸にすっと入っていった。

きらりと胸が光り、輝きは収まっていく。

『私が持つ補助魔法の知識を全て与えた。貴様なら誰かのために、なんだってできるだろう』

「すごいじゃん！　神様の知識を全てってすごすぎるよ！」

「よかったじゃねえか！　俺は嬉しいぞ！」

カレンの肩をバンバンと叩くと、赤く頬を染めて照れくさそうにする。

彼女はいつも冷静な表情をしているが、こういう可愛い一面もあるらしい。

おっさん見ていて微笑ましいよ。

「で、お前は天界に帰るんだろ？」

『そうだ。私の人間界での役目は終わったからな』

「役目ねえ。とりあえずお前は天界でエルドラと一緒に人間達に土下座しろ。神々の迷宮のせいで困っている人間達がいっぱいいるんだ」

『エルドラと頭を下げるなど絶対に断る。ただ……謝罪はする。申し訳ないことをした』

「謝れば済むって問題じゃないんだけどな。まあお前にできることはそれくらいだし、しゃーないが。たっく、神様達の考えていることが未だに分からんわ」

わけ分からんと手を振ってみせると、彼はまた不機嫌そうな表情を浮かべる。

しかし、そろそろ時間らしい。

彼の体はもう消えそうになっていた。

『……ちっ。この男に負けたと思うと虫唾が走る』

「男達、な。天界で反省会でもしてな」

『………』

最後まで不満げな表情を浮かべていた、クリアリーの姿が完全に消えた。

瞬間、視界に閃光が走って気づいたら時計塔の前にいた。

試しに扉を開けてみると、中はただの空洞になっていた。

見上げると、時計の針も止まっている。

完全に神々の迷宮は消滅したってわけか。

「お疲れ様。これで攻略は終わりだ」

「やったねケネス！　やっぱケネスは最高だよ！」

「これでまた強くなりました！　また、誰かを救えました！」

言いながら、二人が両肩に抱きついてくる。

「おい！　だから抱きつくな！」

こいつらは本当……歳の差ってものを考えていないな。

はあ、と俺は空に向かってため息を吐いた。

第四章　破滅の道を進む者と暇人

「クソ……大恥だ。Bランクの魔物から撤退するなんて」

「……仕方ないわよ。誰にだって不調はあるから」

「は？　不調なんて僕達にはねえよ！　大体お前のアシストがなってないからだろ⁉」

「そんなことないわよ！　というか、そもそもあなたもどうなの⁉　あんな下手な攻撃ばっかりして！」

依頼からの帰路。

エドとアナの二人はお互いどちらが大きなミスをしたか言い争いをしていた。

「はぁ……！　どうすんだよ、依頼の件。なんて言い訳するつもりなんだ」

「それは……」

「お前、まさか考えなしに撤退しようだなんて言ったのか？」

「だって、エドのことを思って！」

「バカバカしい！　俺のことを思っているなら魔物を倒してくれよ！」

「……なによ！　せっかく心配してあげているのに！」

今の二人には、愛情なんて感情は遠いものだった。

お互いに責任をなすり付け合い、どちらが悪いのかを決めようとするばかりである。

自分が失敗したことを認めたくなかったのだ。

ミスなんてあるわけがないのに。

あってはならないのに。

王都に戻った二人の足取りは重い。

これから受付嬢になんて言えばいいのだろうか。

「……大丈夫だ。どうにかなる」

だが、まだ楽観視している節があった。

これくらいならどうにかなる。

誰にだってミスはつきものだ。

エド達はギルドの扉をくぐり、受付嬢の元へと向かう。

「あら。おかえりなさい」

受付嬢が淡々と事務仕事をしながら答えた。

パタンと書類を閉じて、こちらを見てくる。

エドは唾を飲み込み、ぐっと拳に力を入れた。

「依頼は……失敗しました」

ギルドに所属している他の冒険者達にバレないよう小声で、ボソリと報告する。

「失敗、ですか？」

ここで、受付嬢が大げさに驚いたりするかと思った。

あるいは「まあそんなこともありますね」と答えてくれるかもしれないと思った。

しかし受付嬢は察していた。

きっと彼らは依頼を失敗する。

そして泣きそうになりながら帰ってくると。

なんせケネスがいないのだ。

このパーティはケネスがいるからこそ成り立っていると受付嬢のみならず、ギルド職員は理解していた。

まだ他の冒険者達にはバレていないが、職員の中では周知の事実であった。

依頼の案件に向かった後も「彼ら、絶対失敗しますよね」と話題になったくらいだ。

エドとアナはその答えに期待して、受付嬢の顔を見る。

しかし、彼女の表情は冷たかった。

冷徹で、情なんて微塵も感じられない。

ただ、単純に彼らを残念そうに見ていた。

「依頼主は大手商業ギルドです。責任、取ることになりますよ」

そう言って、受付嬢は目を細める。

「あなた達が当然依頼を達成すると思っていた商業ギルドのマスターが、こちらに来ています。依頼達成のお礼がしたいと」

「え……それってつまり……」

「直接、謝罪をすることになりますね」

「直接謝罪って……そんな、僕達Sランクパーティですよ⁉」

「ええそうですね」

「そんなことしたら大恥じゃないか‼」

「言ったはずです。私達は責任を持ちませんと。自分が行ったことは自分達で責任を持つようにと」

「それは……！」

エドは唇を噛み締めながら、受付嬢を見る。

睨みつけるが、受付嬢は一切動じない。

「諦めてください。あ、そうだ！」

「なんだよ……まだあんのかよ！」

エドが叫ぶ。

しかし受付嬢は淡々と答えるのみ。

「もし相手方から当ギルドの方に何かクレームが入れば、それ相応の処分をさせていただきますので。Sランクパーティとはいえ、貢献できない、ギルドの評判を落とすようなことがあれば当然のことです」

クレームを回避するなんて不可能でしょうけど、と付け足す。

その通りで、エド達を待っているのは絶望のみである。

依頼主はわざわざここまでやってきているのだ。

もし依頼が失敗した――負けて帰ってきたなんてことを知ったら激怒しないわけがない。

「どうするのよ……エド？」

「……どうしようもないだろ」

アナの言葉に、エドは大丈夫だなんて言えなかった。
どうしてこうなってしまったのだ。
何が間違っていた。
こんな一瞬で、事態が悪化するものなのか？
自分達はいつも通り戦闘をしていたはずなのに。
「………………っ」
ふと、ケネスを思い出す。
普段の戦闘はいつもケネスが率先して行っていた。
あいつは地味な動きしかしないが、確実に敵を仕留めていた記憶がある。
もしかして、今回の依頼を失敗してしまったのはケネスを追放してしまったからか？
戦力が落ちたからなのか……？
いや、ありえない。
あいつ一人追放したくらいで、戦力が落ちるわけがない。
なんせ、自分達はSランクパーティなんだぞ？
「それでは、依頼主さんがお待ちですので」
逃げることなんてできない。
今更どうしようもない。
エド達は受付嬢に案内されるがまま客間へと向かう。
扉を開くと、そこには依頼主である商業ギルドのマスターがいた。

笑みを浮かべながら、こちらを見ている。

「おお！　今回は依頼を引き受けてくれてありがとう！　せっかくだから直接報酬金を渡したいと思いやってきたのだ！」

そう言いながらソファから立ち上がり、頭を下げてくる。

しかしすぐに首を傾げて、

「おや。『龍の刻印』の代表者がいないではないか」

商業ギルドマスターは不思議そうに言う。

「このパーティの代表者は、僕です」

「んん？　確かケネスという男がいたはずだが、そうか。彼は代表ではなかったのか。ところで、彼はどうしたんだ？　私は一度彼に会ってみたいと思っていたのだが」

「今は……いません」

「そうか……残念だな」

心底残念そうにしながら、商業ギルドマスターは再びソファに座る。

そして……。

「ところで依頼の方はどうだった？　なんだか浮かない表情をしているようだが」

瞬間、エド達の額には汗が滲む。

もしここで失敗しましたと言えばどうなってしまうだろうか。

激怒は避けられない。

下手すればギルドに何か言われるかもしれない。

責任は取らないと何度も言われていたのだ。

それこそ、大問題にならないだろうか。

今にも逃げ出したくなり、一歩後ろに下がってしまう。

「どうされました？」

「ああ……いや」

背後に受付嬢が立っていた。

まるで、逃げ出そうとするの察していたかのように。

逃げ場なんてどこにもない。

そうすぐに理解した。

「依頼は失敗しました。魔物は……そのままです」

エドは勢いよく頭を下げる。

目を思い切り瞑り、下唇を噛み締めた。

「ですが……これは事故で……！」

アナがエドの代わりに説明しようとした刹那、

「ふざけるな！！！！」

商業ギルドマスターは叫ぶ。

机を叩き、エドの前まで行く。

「貴様、Sランクパーティだからって調子乗ってんじゃねえぞ！　こっちが下手に出てるからって適当に仕事をやったんじゃないのか⁉」

「そ、それは……」

「こっちはお前達の報酬の他にも、ギルドに依頼料も払っているんだ！　ＢやＣランクのパーティではなくＳランクパーティに依頼する分、更に依頼料がかかってくる。だが、有名な剣士がいると聞いて依頼した！　彼らなら即解決してくれるだろうと聞いたからだ！」

言葉の勢いは止まらない。

勢い余ってエドの胸ぐらを掴み、睨めつけてくる。

「ところがその剣士がいない！　あまりにも舐めきっている！　受付嬢さん、どうなっているんだ！」

「剣士――ケネスさんに関しては彼らが先日、追放処分を下しました」

「なんだと……？　一番の戦力を追放する馬鹿が存在するのか？」

「あいつは地味なただのおっさんで、僕達の一番の戦力では――」

「世間ではそのような認識はない！『龍の刻印』の戦力は、追放された剣士だ！　全く、自分達のパーティで誰が一番なのかも把握していないとはな！　呆れたわ！」

言いながら、商業ギルドのマスターは怒り心頭で出口へと歩いていく。

「もう二度とお前らには依頼しない！　このギルドにもだ！」

「あ、あの……！」

エドが止めようとするが、マスターは去っていってしまった。

客間に残ったのはエドとアナ、そして受付嬢のみである。

「もう二度と、このギルドには依頼しないと言われましたね」

「……ああ、それがどうした」

「大手商業ギルド、あの方は当ギルドで貴重な依頼主でした。それを失った責任、きちんと取って貰いますからね」

「ま、待ってくれ！」

「待ってよ！」

二人は受付嬢が去ろうとするのを引き止めようとする。

が、受付嬢は無視を決め込んだ。

だが、ふと立ち止まって、

「あ、思い出しました。なんの連絡もなく依頼を無視された方からのクレームも入っています。こちらに来ると言う方もいらっしゃいましたので、対応の方をお願いしますね」

「あ、ああ……」

事務的にそれだけ言うと、受付嬢は部屋から去っていった。

残された二人はただ、呆然とするのみである。

◆

「今回も無事、帰還できてよかったな」

「ええそうね。本当、何もかもケネスのおかげよ」

「そうです！　ケネスがいなかったら、私達どこかで死んでたでしょうし！」

「それは言いすぎだろ？　迷宮を攻略できたのは、三人で力を合わせたからだろ？　俺だけの力じゃない」

俺が思っていることを正直に答えると、二人は目の前にやってきて全力で首を横に振った。

「それはない！」

「ですです」

「そっかなぁー。まあ頼られるのは悪い気はしねえけど」

俺は別に二人が言うほど強いってわけじゃないと思う。

ただ暇人で、ただ運がいいだけの男だ。

自分はこれまでそういう認識でいたし、そういった感覚で生きてきた。

ギルドから個人に対してSランクの称号を貰った時も、「運がよかったんだな」って思ったわけだし。

まあそれと同時に「Sランクパーティに所属してるのに意味あるのか？」なんて思ったけど。

ともあれありがたいことには変わりないから嬉しく思っているが。

「そろそろ街が見えてくるな」

俺達はリレイ男爵領郊外の街まで戻ってきていた。

相変わらず街はボロボロだ。

けれど、以前と違うのは魔物が近辺に出現していないということ。

神々の迷宮が攻略された影響だろう。

ふと、キョロキョロと不思議そうにしている男が目に留まる。

「あ、リレイ男爵さんだ」

ここを治めている領主の姿だった。

俺がのんびり彼の方へ向かって歩いていると、目が合う。

「君は……本当に生きて帰ってきたのか？　生きているよな、幽霊だったりしないよな」

「生きてますよ。ほら、全然元気です」

俺は男爵の前で大げさに手足を動かして見せる。

「聞いてくれ。この周辺に出現していた魔物が一切いなくなったんだ。おかしい、君が神々の迷宮に挑むまでは荒らしたい放題だったのに」

と、そこまで言ってリレイ男爵が目を見開く。

俺を見て、まさかと声を上げた。

「もしかして攻略したのか？　あの――神々の迷宮を！」

「はい。俺達が攻略してきました。もうこの街は安全なはずですよ」

「嘘だ……嘘だろ……」

信じられないといった表情を浮かべながら顎に手を当ててむむむと唸る。

「信じられない。そんな、神々の迷宮が人間の手によって攻略されるだと？　ありえない、ありえない」

「あー、それじゃあ行きます？　時計塔の方に」

今の時計塔は完全に安全と言える。

もし魔物が出ても低ランクだろうし、すぐ倒せば済む話だ。

それに貴族は魔法に長けている。

万が一のことがあってもこの人ならある程度の対応ができるだろう。

「領主として確かめる必要がある。連れて行ってくれ」

「だってよ。リリー、カレン、一応気をつけてな」

「分かったわ！」

「了解しました！」

ということで、俺達は再度森の中に入っていた。

相変わらずこの森は深く、一切光を通さない。

しかし、以前よりは平和になっていた。

「本当に魔物の気配がない……この辺りは数多くの魔物がいたはずなのに……」

ぶつぶつと周囲を見渡しながらリレイ男爵は状況を分析しているようだった。

「これなら、みんな安心して暮らせる……女も子供も、安心して外を歩けるな」

さすがは貴族様だ。

真っ先に市民のことを考えているのは尊敬する。

なんとなくだが、この人はそこまで悪い人ではないってのは分かっていた。

普通なら魔物が跋扈《ばっこ》する街の視察なんて、恐ろしくて貴族様は行かないだろうしな。

「ここか……」

時計塔まで来て、リレイ男爵が動いていない針を見上げる。

恐怖が拭い切れていないせいか、握りしめた拳が震えている。

それも仕方がない。

なんせ神々の迷宮があった場所なのだ。

俺は暇人だからか恐怖のパラメーターがぶっ飛んでる節があるが、普通の人は怖いだろう。

「本当に攻略したのか。……確かめよう」

リレイ男爵は意を決して扉に近付く。

一呼吸置いた後、「はぁぁぁぁ！」と叫びながら扉を開いた。

そこには、何もない。

ガランとした、ただの空間が広がっているのみであった。

「本当にない……完全に消えている……」

彼は一歩、また一歩と後退りする。

それほど驚いたのだろう。

顔面真っ青な状態で俺の方を振り返る。

そして、土下座した。

「は⁉　え、ちょっと⁉」

思わず変な声が出てしまった。

まさか土下座されるとは思わなかったのだ。

だって貴族様だぞ？

俺みたいな平民に土下座するなんて話、聞いたことがない。

「申し訳ないことをしてしまった！　出会った当初、英雄である君達に対して酷い扱いをしてしまった！」

「いやいや！　大丈夫ですって！　あれは仕方がないことですし！」

「そうよ！　あたし達は全然気にしていないから！」

「大丈夫ですよ！」

俺達は慌ててフォローしようとするが、リレイ男爵は頭を上げようとしない。

「いや、僕は本当に申し訳ないことをした。謝罪させてくれ。本当にすまなかった」

「ああ……分かりました。だから顔を上げてください」

「……ありがとう。こんな僕を許してくれて」

「だから気にしないでください。とにかく今は喜びましょう。ほら、せっかく魔物が消えたんですし」

「そうだな。本当にありがとう」

いやぁ、まさか貴族様に土下座される日が来るとは。

暇人生活を送っていると驚くこともあるものだな。


「俺達を屋敷に招待したい？」

街に戻ると、突然リレイ男爵がそんなことを言った。

「ああ。この街から魔物が消えたのは君達のおかげだ。復興には時間がかかるだろうけれど、それでもお礼がしたい」

「いやいや、それほどのことはしてないから」

「美味い料理も用意しよう。ぜひどうかな？」

「よし。それなら行きましょう」

俺は何よりも美味い飯を食うのが好きだ。

「お前らも行くよな？」

「美味しいご飯食べたい！」

「私もです！　最近まともにご飯食べていなかったですから！」

「よし決まりだな！　それじゃあリレイ男爵、お願いします！」

「任せてくれ。僕は馬でここまで来たんだが、君達足は？」

「馬車を待たせているので、自分達で行きます。現地集合ってことでいいですか」

「構わない。リレイ男爵邸と言えば、御者も分かるだろう。僕は先に行ってるから。待ってるよ！」

「お願いします！」

俺達三人はリレイ男爵が馬に乗って去っていく後ろ姿を見送る。

いやー本当にいい人だな。

何より美味い飯を食わせてくれるってだけでいい人決定だ。

こう考えてみると、俺は胃袋をつかまれると弱いのかもしれない。

餌付けされてしまったらころっと寝返るかもしれないな。

いや、さすがにそれはないけど。

「よし。それじゃジャガーさんにも報告しに行くか」

「ええ！」

「はい！」

◆

「お主ら、戻ってきたのか！　ということは攻略は……？」

「もちろん成功しましたよ。しっかりぶっ飛ばしてきました」

「お見事じゃ！　恐れ入った！　やはりお主らの実力は本物じゃな！」

ジャガーさんは、ガハハと満足げに笑いながら、馬車の上でテンションが上がっている様子である。

「ワシは誇りに思うぞ。未来の英雄を運んでいると思うと、胸のドキドキが止まらない」

「ありがたいけど大丈夫ですか？　ドキドキしすぎて倒れたりしません？」

「面白いジョークを言うな！　ワシはまだまだ若いから大丈夫じゃ！」

ブンブンと腕を振り回しながらジャガーさんはピンピンしている。

うん、この様子だと本当に大丈夫そうだな。

マジでドキドキしすぎて倒れられたらビビるからな。

「それでなんですが、リレイ男爵の屋敷に向かいたいんです。案内ってして貰えますか？」

「なんじゃ、リレイ男爵に何かしたのか？」

「いや、リレイ男爵からお礼がしたいと屋敷に誘われまして」

言うと、ジャガーさんは目を見開いて驚く。

「な、なんと！　貴族から招待されるとは……出世したな！」

「ははは……本当にありがたい限りで。でもやっぱり申し訳ないな……毎回無料で乗せて貰うだなんて……」

報酬なしに毎回乗せて貰うのは、やはり気が引ける。

「ははは！　気にするな！　よし、ワシが案内しよう！　そうと決まれば早く馬車に乗り込むのじゃ！」

だけどジャガーさんは快く引き受けてくれた。

本当にお世話になりっぱなしだ。

感謝してもしきれない。

俺達は馬車に乗り込み、背もたれに体重を預ける。

やっぱり迷宮の攻略後は体力の消耗が激しいな。

「全速力じゃ！」

馬車が動き出し、頬を風が掠める。

「それにしても貴族様に呼ばれるなんて……少し緊張しますね」

「やっぱりお前らも貴族の家に呼ばれるなんて初めてか？」

「ええ。依頼を引き受けることはあったけど、屋敷に呼ばれるなんてことは一度もなかったわ」

「俺もだ。依頼は受けた経験、何度もあるけど家に招かれるのは初めてだな」

外の景色を眺めながら思い出す。

本当、『龍の刻印』にいた頃は苦労したなぁ。

「あの、前々から気になっていたのですがケネスさんってどこか別のパーティに在籍していたんですか？」

「あれ？　言ってなかったっけ？」

「聞いてないわ」

そうだったか。

全く気にしていなかったらな。

「参加してたぞ。一応Sランクパーティに」

「やっぱり⁉　え、でもじゃあなんで一人でウロウロしていたの？」

「そりゃ追放されたからだ」

「ええ⁉　ケネスさんを追放するパーティって一体どんな頭してるんですか⁉」

「そうそう！」

どんな頭って……カレン、お前そこまで毒舌だったか？

まあ確かにあいつらには不満はあるが。

「向こうはどうやら俺がいなくても大丈夫らしいぞ。愛の力とやらで乗り越えるらしい」

「愛の力って……なにそれ笑えるんだけど」

「ぷふふ……すみません。ちょっとおかしくて」

「超笑えるだろ。俺も何かのジョークかと思ったわ」

今でも思い出すだけで笑える。

あいつらは今元気にしてっかな。

依頼の整理とか調整、俺が何もかもやってたことを、全く引き継いでなかったけどトラブってないかな。

てか、引き継ぐ猶予なんて与えられてなかったし。

まあ愛の力とやらで乗り越えているのだろう。

知らんが。

「世の中馬鹿もいるものねぇ」

「ですね」

「ははは。まあ彼らにとっての正解が愛だったんだから、仕方ないんじゃね」

ほんと、あいつら今どうなってんだろうな。

◆

「クソ……クソ!!」

「エド、どうしよう……これ最悪じゃないの？」

「大丈夫だ……まだどうにかなる……！」

エド達は商業ギルドのマスターに怒鳴られた後、すぐに酒場にやってきていた。

机の上には酒とたくさんの料理が並べられており、決して二人が食べられる量ではなかった。

「それにこんなにお金を使って大丈夫なの？　これからどうなるか分からないのに――」

「お前、まさかこれから僕達がどうにかなるとでも思っているのか!?」

アナの言葉に腹が立ったエドが、ビールの入ったジョッキを握りながら叫ぶ。

顔は真っ赤に染まっていて、アルコールが回ってしまっている。

思考はふわふわとしていておぼつかない。

「別にそういうわけじゃないわよ！　でも……万が一があるかもしれないじゃない！」

「馬鹿を言うな！　僕達がケネスを追放しただけで落ちぶれるはずがない！」

肉を喰らいながら、エドはアナに叱責する。

だが現実は非情だ。

エド達は間違いなく破滅の一途を辿っており、もう引き返せないギリギリのところまで来ていた。

苦しいのに食べ物を口の中に放り込む。

ストレスの発散方法がこれしかなかったからだ。

「飲みすぎよ……」

「うるさい！」

アナが止めようとするが、エドは全く聞く耳を持たない。

もうエドは正常な判断ができないでいた。

「おいおい、あそこにたかがBランクの魔物討伐に失敗したSランクの野郎がいるぜ」

「ああギルドで噂になってたよな」

「あの大手商業ギルマスがブチギレてるらしいぞ。あいつらヤバいんじゃね？」

「絶対ヤバいよな。下手すれば降格もありえるって噂だぜ」

近くのテーブルからそんな囁き声が聞こえてくる。

自分達のパーティが依頼を失敗した噂はもう広がっているらしい。

噂というものはすごい速さで広まるものだ。

『龍の刻印』の評判は現在、最悪と言える。

「お前らうるせえ！　僕達に喧嘩売ってるのか⁉」

エドは堪忍袋の緒が切れたのか、ぼそぼそと呟いている冒険者に向かって叫ぶ。

「おいおい、落ちぶれたSランクが何か言ってるぜ！　俺達でよければ相手するぞオラ！」

「やってやろうじゃねえか！　来いよ！」

「ちょっとエド‼」

アナが止めようとするが、エドはやめようとしない。

挑発に乗り、噂話をしていた冒険者達のテーブルへズカズカと歩いて行く。

「僕を舐めるなよ……お前らなんかすぐに――」

「オラよッッ！」

しかし先に相手の拳がエドの腹に直撃する。

エドは避けることもできずに、その場に膝をついた。

「ガハッ……！」

酒が回っているのもあるが、エドは接近戦が決して得意ではない。

正面からの殴り合いになれば、そこらのSランク以下の冒険者にさえ負けるのは当然と言える。

「やっぱりこいつ雑魚だぜ！　無様にもほどがあるだろ！」

「蹴り入れるか！　オラ！」

「うぐっ……！」

エドは苦痛に耐えながらも、相手を睨みつける。

「お前ら……僕に喧嘩を売っておいてタダで済むと思うなよ！」

「はぁ？　今のお前に何ができるっつうんだよ！　ケネスがいなくなったお前らなんか怖くねえ！」

「ケネスの名を言うな！　あまり馬鹿にするなよ僕達を！」

「ガハハハ！　こいつは面白い！　哀れだから今回はこれくらいで勘弁してやろうぜ！　じゃあな！」

「クソ……クソ……！」

エドは何度も拳を床にぶつけながら唇を噛み締める。

しかし、誰も彼に手を伸ばそうとする者はいなかった。

今の彼らには、もう味方はいない。

◆

「ここがリレイ男爵領中心部じゃな」

「ここかぁ……かなり賑わっているな」

俺は馬車の中から、リレイ男爵領の街並みを見渡す。

男爵領ということもあって、確かに王都より田舎ではあるがそれでもすごい。

「なんだか旅行のようでドキドキしますね」

「確かにそうだな。ここ最近は戦いが続いていたからな」

リリー達と出会ってから、こんなにのんびりした状況になったことはなかった。

「そろそろじゃぞ！」

俺がぼうっと外を眺めていると、ジャガーさんが声をかけてきた。

さすがは魔力付与がされている馬である。

速度は他の馬車を凌駕している。

窓から顔を出してみると、大きな門が見えてくる。

門の奥にわずかに屋敷の屋根が見えた。

さすがは貴族の屋敷である。

めちゃくちゃ大きいのだろう。

門の前で止まって貰い、俺達は馬車から降りる。

「ジャガーさんも来ますか？」

「いや、ワシは結構じゃ。堅苦しいのは苦手でな。一人で自由にする方が好きなのじゃよ」

言いながら、パンをパクパクと食べている。

ジャガーさんがそれで問題ないなら、無理強いするのもよくないな。

「分かりました。それじゃあ行ってきます」

「おうおう！　楽しんでくるのじゃぞ！」

ジャガーさんに見送られて、俺は門の前まで行く。

見張りの兵士が二人いて、近くまで行くと槍で制してきた。

「俺はケネスって言います。隣にいるのがリリーとカレン。リレイ男爵に招待されてここまで来ました」

「ああ！　君がケネスさん達か！　待っていたぞ！」

かなり怖い顔をしていたのだが、名前を言うとすぐににこやかな表情を浮かべて門を開けてくれた。

人は見た目で判断するものじゃないな。

「お前のような者は知らん！」なんて言われて追い返されるのではないかと少しだけ危惧していたのだが。

やっぱり貴族の屋敷に招かれるのは初めてだから色々と心配になってしまう。

まあいざとなれば、どうにかなるだろう。

「楽しみだわ〜」

「ねねっ！　楽しみですね！」

貴族に食事に招待されるなんて、滅多にあることじゃない。

なんなら、隣にいる二人のように目を輝かせている方が人生を楽しめるってもんだろう。

しかし……無邪気に目を輝かせるには少し歳を取りすぎたな。

何かと心配してしまうのは、やっぱり色々と経験してしまったからだろう。

俺も十代前半の頃は馬鹿なことといっぱいやっていたんだけど。

「ケネス様ご一行ですね。ご案内致します」

「どうも」

門を入ると老齢の男性が立っていて頭を下げてきた。

「私、リレイ男爵家の執事、ルイと申します。お待ちしておりました」

すげー、さすがは貴族。執事の存在は知っていたが生で見るのは初めてだ。

俺もいつかはメイドなり執事なりを雇ってみたいと思ったこともあったが、夢物語だと諦めた。

執事に案内され、屋敷の中へ入ると、中は想像以上に豪華絢爛で、まさに豪邸と言えた。

長い廊下を歩いている間も、俺はずっと緊張しっぱなしで動きがぎこちなかったと思う。

先頭を歩いていた執事のルイさんが大きな扉の前で立ち止まると、ノックをする。

「どうぞー」

聞き覚えのある声が聞こえたと同時に、ルイさんが扉を開く。

俺がルイさんに促されるままに部屋に入ると、リレイ男爵と目が合った。

「おお！　来てくれたか！」

嬉々とした表情を浮かべたリレイ男爵が部屋の奥から走ってきた。

俺の手を握り、何度も頭を下げてくる。

「リレイ男爵……別にそんなにペコペコしなくてもいいんですよ？」

さすがにあれだ。

他の使用人達も見ているし、彼の立場もあるだろうし。

だが、リレイ男爵はニコリと笑って、

「英雄に対して当然の作法だ。なんたって神々の迷宮を攻略した人々なんだぞ。何度頭を下げても足りないくらいだ」

「いや……俺は別に英雄じゃなくてただの暇人ですし、英雄なのは俺じゃなくてリリーやカレンの方ですよ」

「もちろんだ！　しかし、僕の目には君もすごい人間だと映っている。僕は貴族社会で生きてきた人間だからね、わりと人を見る目はある方だと思うんだ」

「そう言っていただけるのは嬉しいですが……俺はただの暇人ですし。それよりも、二人とも。貴族の人達に認められてよかったな」

そう言って振り返ると、二人は目を輝かせて何度も頷く。

「すごく嬉しいわ！」

「貴族には憧れがありましたから！」

「ああ！　二人も僕の英雄だ！　感謝してもしきれない！」

二人にも何度も頭を下げ、リレイ男爵はさて、と手を叩く。

「料理の準備はできている！　さあ、食事をしながら色々と話そうじゃないか！」


「す、すごいわ……すごすぎるわよ……！」

「ありえないです……こんなすごいの……！」

俺達は大きなテーブルにつき、リレイ男爵と話しながら料理が運ばれるのを待っていた。

しばらくして運ばれてきた料理を見て、二人は感激している様子である。

香ばしく焼けた肉に、大きな魚の料理。彩りよく綺麗に盛り付けられたサラダ。もちろんデザートだってある。

どれも美味しそうである。

「こんな豪華な料理、本当にいいんですか？」

「構わないよ！　僕ができるお礼はこれくらいだしさ」

「早速、食べてもいいかしら⁉」

「いいですかね⁉」

リリーとカレンは興奮しきった様子で目を輝かせている。

見ていて微笑ましいくらいだ。

「それじゃあいただこうか！」

リレイ男爵の合図と共に、俺達は食事に手を付ける。

おお……めちゃくちゃ美味い。

こんなジューシーな肉を食ったのは久しぶりだ。

「美味しい‼　最高だわ！　お肉最高ー！」

「お肉ばかり食べてちゃダメですよ！　うふふ、このプリン美味しいですー！」

「カレンだって甘い物ばかり食べてるじゃん！」

「私はいいんですよ！　ふふふ！」

二人のナイフとフォークは止まらない。

俺が彼女達が喜んでいる様子を眺めていると、リレイ男爵が声をかけてきた。

「ところで、君のことを色々調べさせて貰ったよ」

「俺のことですか？」

「ああ」

言いながら、彼はコクリと頷く。

「ケネス、君は元『龍の刻印』のメンバーであり、冒険者界隈では珍しい個人にSランクが付与されている剣士。いや、過去の実績も見たけど驚いたね。君は本当に化け物染みている」

「そこまで調べたんですね。というか、俺色んな人に化け物って言われるんですけど……そんなヤバいですか？」

「ヤバいって次元じゃないよ。本当に人間か？」

「人間かって……、さすがにそれは言いすぎですよ」

「神々の迷宮を余裕で攻略している時点で人間じゃないよね」

「それは……どうだろう。仲間達の力もありますし」

「そうかもしれないが、過去の実績を見ても君がすごいってことだよ。普通なら『剣聖』になってもおかしくない勢いだ」

「『剣聖』……ですか」

俺が言葉を濁すとリレイ男爵は首を傾げる。

「どうして君は『剣聖』じゃないんだい？」

純粋な疑問、といった感じで聞いてきた。

まあ……そうだな。

「国王に認知されてないからじゃないですかね。避けてきたんですよ。ほら、国王様とかに認知されたら、自由じゃなくなりそうじゃないですか。儀式とか、急な呼び出しとかで拘束されそうだし。それをすっぽかしたりしたら処刑されそうじゃないですか。それが怖くて」

答えると、リレイ男爵がうむむと唸る。

「もったいないことをしているね。それほど国王様は厳しくも怖くないよ。僕も男爵だけど、それほど堅苦しい決まりはないし、国王様にはよくして貰っているからさ」

こうやって豪華な食事を提供できるくらいには余裕があるよ、と付け加える。

まあ確かにこの国――ギアレスト王国は豊かである。

広い国土は農作物なども豊富に採れ、自治もしっかりしているため他国からも信頼されている。

それもひとえに国王様の実力とも言えるだろう。

「まあ……そうなんですかね」

「そうだよ。で、僕は思っているわけだ」

そう言って、リレイ男爵は人差し指を立てる。

「君が神々の迷宮を攻略したこと、街を救ったこと。全て国王様に報告する」

「ええ⁉　それって大丈夫でしょうか……勝手に色々としたからお前処刑なって言われたりしませんか？」

「国王様に報告するの⁉」

「ヤバみですね！　美味しいです！」

「二人はとりあえずご飯を食べるか喋るのかどっちかにしような」

国王様というワードを聞いて興奮している二人に注意してから、俺は男爵の方を見る。

「どちらにせよ、僕は領土内で起きたことを国王様に報告する義務があるからね。さすがに神々の迷宮を攻略したとなると、報告しないわけにはいかない」

「まあ……それはそう？」

神々の迷宮は人類が攻略したことがないダンジョンである。

それをたまたまにしても攻略してしまった以上、隠しておくってのは不可能か。

俺はただ暇だから挑戦しただけなんだが……。

「三人はこの先、国王様からきっと褒美を貰えるはずだ。悪くない話だと思うんだけど」

「……そうですね。俺はともかく、リリーやカレンのことを思うと、悪くないかもしれません」

二人の目的は誰かの心に刻まれること。

それを成し遂げるためには、ある程度の知名度は必須である。

となれば、国王様に認められる。

それが一番の近道とも言えよう。

「分かった。それじゃあ決まりだね。僕は誇らしいよ、英雄の誕生を見届けたみたいで」

「英雄ですか……ただの暇人が英雄って、不思議な話ですね」

「君は自分のことをただの暇人だって言うけど、少なくとも僕にとっての英雄だよ」

男爵にとっては英雄か。

……まあ、俺の暇つぶしが誰かの役に立っているってのは悪くないかもしれない。

「君は、君達は僕にとっての英雄だよ。だから――」

言いかけた瞬間、バンと音を立てて出入り口の扉が開かれる。

振り返ってみると、慌てた様子の使用人がこちらに駆けてきた。

リレイ男爵に入ってきた使用人が耳打ちする。

「なんだと……⁉」

「どうしたんですか？」

　ただならぬ様子なので、そう尋ねると、彼はごくりと唾を飲み込んで答える。

「Sランクの飛竜種が目撃されたらしい。ケネス、これは緊急事態だ」

「ヤバい。……Sランクの飛竜種……？　それってかなりヤバくないですか？」

「ヤバい。……申し訳ないが、討伐を頼めるか？」

「任せてください。せっかくここまでして貰っているんです。全力でお手伝いします。な、二人とも」

「もちろんよ！　残念だけど食事会は中断ね」

「やったりましょう！　誰かの役に立てるなら、いくらでも私達は戦います！」

　リリー達は、食事の手を止め既に冒険者の顔になっている。

「冒険者ギルドの上位陣を総動員して向かわせている。君達は援護する形で協力してほしい」

「分かりました。場所はどの辺りですか？」

「この街の東にあるメット平原だ。街に入れてしまったら甚大な被害が出るので、全力で死守してくれたら嬉しい」

　リレイ男爵は言いながら、悔しそうにする。

「僕も何かできたらいいんだけど……生憎と僕にはそこまでの力がないんだ」

「大丈夫ですよ。リレイ男爵は十分やってます」

　リレイ男爵の肩を叩き、ニコリと笑う。

そこで向こうが貴族だということを思い出して焦るが、彼は特に気にするような素振りを見せない。

「ありがとう。君はやっぱり素晴らしいよ。……頼んだよ」

「了解です。よし、気合い入れてくか」

「おう！」

「気合い、バッチリです！」

俺達は屋敷を出ると、待っていたジャガーさんに事情を説明し街の中を駆けていく。

ジャガーさんの馬車で移動することも考えたが、おそらく街中は混乱している。そんな中馬車で移動するのは危険だし、何よりジャガーさんを危険な目に遭わせたくなかった。

しかしSランクの魔物が現れたということもあり、街は既に喧騒で溢れている。

全員が不安を抱いているんだ。

無理もない。

俺だって自分が住んでいる街にSランクの魔物が現れたとなると泣くほど焦るはずだ。

もちろん、昔の自分だったらの話だけど。

今はある程度の力がある。

暇人を標榜してはいるが、力は付けてきたつもりではある。

街の出入り口にある門をくぐり抜け、平原に出た。

辺りを見渡し、件の魔物がいる場所を探る。

「あそこか」

遠くの方で轟音が響き渡り、人影がうごめいている。

既にギルドを通してリレイ男爵が依頼した冒険者達が魔物に挑んでいるのだろう。

とにかく急ぎで向かうべきだな。

リレイ男爵がギルドの有力者とは言え、この田舎町にSランクパーティがいるかどうかは未知数である。

大方、Sランクは王都や都会に集中するため、こういう場所は最強でもAランクが多い。

AランクとSランクとでは天と地ほどの差があるため、数が多くても上位の魔物を相手に戦うにはかなり無理がある。

人影のある方へと駆けていくと、案の定冒険者達が魔物を囲んでいた。

「おおおお、やべえな。このドラゴン」

分厚い鱗で覆われた巨体に、睨みつけられたら恐怖で動けなくなるような瞳。

爪は鋭くて、当たれば一発で天国に行けそうだ。

種類はファイガドラゴン。

飛竜種というよりは火竜種だ。

――ギシャァァァァァン‼

咆哮。

その風圧だけで吹き飛ばされそうになるが、どうにか足を踏ん張って気合いで立つ。

「みんな大丈夫か！　俺も援護する‼」

俺が周囲に立っている冒険者に叫ぶ。

「援護隊⁉　って……たったの三人じゃないか！」

「しかも、二人はまだ若い女じゃないか！」

「報酬は俺達がいただくぜ」

「使えねえ奴らは帰れ！　お荷物はいらねえんだよ！」

ああ……やっぱりこうなるか。

まあ無理もない。

俺達はたったの三人だし、なんなら顔も知られていない。

そこらの雑魚としか認識されないだろう。

お荷物だとか帰れだとか、そういうのに反論はしたいが向こうの意見も納得できなくはない。

だが――このままだとこの人達は死んでしまうかもしれない。

それだけは絶対に防がなくては。

死んだら元も子もない。

こんなところで魔物に殺されてしまったら悲しいだろ。

俺なら、最後の最後まで全力で生きて、誰かに看取られながら死にたい。

だから――俺達が助ける。

「カレン！　早速お前の実力を発揮する時だ！」

「まっかせてください！　《神域・攻撃強化》ッッ‼」

カレンがバフを発動した瞬間、俺の体にものすごい量の力が溢れてくる。

これが神々の力……クリアリーの野郎の力か！

やるじゃねえかあいつ！　口だけじゃねえな！

「リリー！　ミスリル合金弾をぶっ放せ！　相手の動きを封じ込めろ！」

「オーケー！」

リリーの拳銃が変形し、巨大なライフルになる。

すうと息を吸い込む素振りを見せて――

「穿て‼」

弾丸が発射される。

冒険者達の間を弾丸は縫うように進み、ファイガドラゴンを穿つ。

――ギシャァァァァン⁉

自分の翼に空いた穴に困惑した様子のドラゴン。

それもそうだ。

おそらくドラゴンは、弾丸が発射されたのにも気づいていなかっただろう。

俺だって突然体に穴が空いたら困惑するさ。

いや、俺だったらそのまま絶命しているか。

「な、何が起こったんだ……？」

「今の一瞬でドラゴンの翼に穴が空いただと……？」

冒険者達が次々と声を上げ、誰だ誰だと攻撃した人間を探す。

そして、最終的に俺達の方に視線が集まった。

「お前らがやったのか……？」

「あの……Sランク相手に？」

目の前の冒険者達はみんな驚愕の表情を浮かべている。中には驚きのあまりポカンと口を開けている奴もいる。

はははは、そこまで驚くか。

こりゃ俺にとっては嬉しいな。

二人の力が世間的に認められたってことなんだから。

「俺達がやりました。言ったでしょ、援護しに来たって」

俺達は遊びに来たわけではない。

暇人だからって、そこは違うと断言する。

誰かを助けに来たのだ。

「嘘だ！　信じねえ！　俺達はギルドで最強なんだぞ！　お前らみたいなひよっこがドラゴンに傷を負わせることなんてできるわけがねえ！」

おいおい……まだ反論する奴がいるのか。

俺は別に構わないが、リリーとカレンが可哀想だろ。

どうしたものかと思っていると……。

――ギシャァァァァアン！！

突然ドラゴンが咆哮を上げて歩き出す。

「は――」

そのまま先程俺達に反論してきた男に向かって爪を突き立てようとした。

「し、死ぬ‼　うわあああああああ‼」

突然のことに男は身動きできず、その場で固まっている。

全く……苦労をかけさせやがって。

——ガキン‼

「ひっ……ひ？」

「危ないでしょう。今は戦闘中ですよ？」

俺は男とドラゴンの間に立ち、剣で相手の攻撃を防いだ。

「少し離れてください。ここは俺達がやります」

「嘘だろ……あのドラゴンの攻撃を剣一本で防いだ……？」

「こういう攻撃、これまで何発も喰らってますから。あと、仲間のバフのおかげですよ」

言いながら、俺はドラゴンの爪を思い切り弾き返す。

ドラゴンは俺の攻撃に耐えきれず、大きく仰け反った。

「だから任せてください。背後に退いて、怪我をしている方の治療を」

「……分かった！　ありがとう……すまなかった！」

「いいんですよ。慣れてますから」

男が逃げていくのを確認した後、ファイガドラゴンを見据える。

相手はとてつもなく巨大だ。

さすがはSランクである。

どっから湧いてきたのかは知らないが、街に入れるわけにはいかない。ここで討伐しないとな。

「ドラゴンさんよ、相手は俺達がしてやる。歯ぁ食いしばれよ！」

「覚悟しなさい！」

「バフを更に強化しますね！《神域・防御強化》《神域・貫通強化》《神域・斬撃強化》」

圧倒的に成長したカレンが、俺達にあらゆるバフを付与する。

体全身に走る力を感じながら、相手を見据える。

「リリー！　俺の合図と同時にミスリル合金弾を放て！」

「了解！」

そう言って、俺はドラゴンを挑発する。

剣をくいくいと動かして、煽るだけ煽った。

ドラゴンは魔物とはいえ感情がある。その証拠に、煽ったり挑発したりすると怒りを爆発させることが多かった。

今回のドラゴンもそうだった。

俺のことをギロリと睨んで攻撃を仕掛けてくる。

「無駄だ！」

人間の肉を簡単に斬り裂くほどの攻撃を全て剣で弾いていく。

こっちには斬撃強化のバフが付与されていることもあり、攻撃を弾く度にドラゴンの爪が破壊されていく。

「そろそろだな……」

俺は頃合いを見計らって、剣で一気にドラゴンの爪を叩き斬った。

巨大な爪が音を立てながら地面に落下する。

――グリュウウウウウ‼

さすがのドラゴンもヤバいと直感したのだろう。

攻撃をやめ、低い声で唸り始めた。

開いた口からは赤く燃え上がる喉が見え、熱波がこちらまで届く。

「ファイガドラゴン。その名前の通りの攻撃をやっとする気になったか！」

炎のブレスである。

「他の皆さん！　ドラゴンから距離を取ってください！」

「分かったわ！」

「で、でも大丈夫なのか⁉」

「いいから！　俺達のことは気にせず離れて！」

他の人達がドラゴンから離れたのを確認した後、俺はニヤリと笑う。

さて、カレンの力がどれだけのものか確かめないとな。

「来いよトカゲ野郎！　俺に思い切りブレス攻撃をしてみろ！」

――ギシャァァァァ‼

俺の声と同時に、ファイガドラゴンの口腔から炎のブレスが吐き出される。

視界は真っ赤に染まり、何も見えなくなった。

「ケネス⁉」

「大丈夫なんですか⁉　あっつ‼」

背後から二人の心配そうな声が聞こえてくる。

そら心配するわな。

仲間がドラゴンのブレスを自ら浴びたのだから。

まあ――俺はカレンを信用してたからやっただけだ。

「ふ、ふははは。すげえやこれ。これが『神域』か」

ファイガドラゴンは俺の姿を見て、呆然としている様子だった。

それもそうだ。

ブレスを浴びて、平然と立っている人間がどこにいる。

いや、今ここにいるんだけど。

まだ誰も試したことがないバフの効果を自ら確かめる【暇人】がいるわけだが。

「うわ、服焦げてるじゃん。さすがに服までは保護できないか」

少し焦げてしまった服を見ながら、俺は嘆息する。

が、すぐにニヤリと笑ってドラゴンを睨めつけた。

「どうだトカゲ野郎。これが俺達『希望の道』だ」

ドラゴンは圧に負けたのか、一歩後退する。

長い尾を左右に振って、躊躇しているようだ。

だがすぐに決心がついたのか、俺に向かって攻撃を仕掛けようとしてきた。

瞬間――

「リリー！　発射！」

俺はドラゴンに視線を据えたまま叫んだ。

「了解！　喰らえ――ミスリル合金弾丸。穿て！」

この一瞬を狙っていた。

確実に、そして簡単に倒すシチュエーションを。

リリーが放った弾丸は相手の剛腕を破壊し、言葉通り完全に穿つ。

しかしドラゴンも必死である。

すかさず残っている腕でこちらを完全に殺りに来た。

「あまり暇人を舐めんなよ……！　こっちは地味だって言われて追放された男だっつうの！」

バク転をして攻撃を回避する。

轟音と共に土埃が上がり、視界が塞がれた。

これじゃあ全く相手の姿が見えない。

だが――それは相手も同じだ。

相手は今、絶対に俺を必死で探している。

つまり隙が生じているわけだ。

そこを逃すわけがない。

「俺はここだぁぁぁぁぁぁ‼」

大地を蹴り高く跳躍すると、思い切り剣を構える。

そして、土埃をものともせず、ぐっと剣を相手に向ける。

「喰らえ‼　《水裂斬》ッッ！」

相手の属性は炎。ならばこちらは水属性だ。

剣でドラゴンを薙ぎ払い致命的な斬撃を与えた。

相手は悲鳴を上げることもなく、その場に倒れ込む。

これで討伐は完了っと。

剣を一振りしてドラゴンの血を払ってから鞘に納めて、「ふう」と大きく息を吐いているとカレンとリリーがこちらに駆け寄ってきた。

「馬鹿じゃないの⁉　ブレスを直接浴びる人いる⁉」

「すごく心配しましたよ！　絶対死んだと思いました！」

「あははは！　あれはカレンのバフがどれだけのものか気になってだな」

「もう‼」

「……信用してくれてありがとうございます！」

よっぽど心配していたのだろう。

二人が抱きついてきて、俺は思わず驚いてしまう。

あはは……やっぱりブレスを浴びるのは無茶しすぎたな。

「皆さん大丈夫ですか？　大怪我を負っている方がいれば言ってください」

戦闘を終えた俺達は、冒険者達の様子を確かめて回った。

この領地を守るために、誰よりも早く駆けつけて戦っていたのだ。

「怪我人はいるが大怪我を負っている人間はいない。全てお前らのおかげだ……」

一人の男が立ち上がり、俺の方へとやってきた。

そして、俺に何度も頭を下げた。

「ええ⁉　いや、頭下げなくてもいいですから！」

「いや、そういうわけにはいかない！　俺はお前のことを馬鹿にしてしまった。それなのに助けて貰って、本当に申し訳ないことをした」

「ああ……まあ気にしないでください。そりゃ援護隊が三人だったらがっかりするのは分かりますし」

俺だって援護隊が少数で、なおかつ見たこともない奴らだったら疑ってしまう。

暴言は吐かないだろうが、ここは自分達だけで大丈夫だって言っていたはずだ。

気持ちはものすごく分かる。

「俺みたいな奴を許してくれるなんて……お前らは一体何者なんだ？」

男は恐る恐るといった様子で聞いてくる。

「俺はケネス。んで、背後にいる二人がリリーとカレン。まああれだよ、旅人みたいな——」

言いかけた瞬間、男もそうだがその背後にいた冒険者達が大きく反応した。

「おいおい！　それって神々の迷宮を攻略したっていう三人か⁉」

「だよね！　その強さ……絶対にそうだよね！」

「マジかよ！　めちゃくちゃ有名人じゃねえか！」

あれ……俺達が神々の迷宮を攻略したって話、そんな広まっていたのか？

誰もが嬉々とした様子で俺達の名を挙げ、盛り上がっている。

「すげえなお前！　俺光栄だよ、お前に守られて！」

「守られて光栄って……大げさじゃないですか？」

「大げさじゃないよ！　サイン貰えたりするか⁉　リリーさんやカレンさんも！」

「ええ⁉　あたし達も⁉」

「サインですか……⁉　書く物を持ってないんですが……」

「お前ら！　誰かペン持ってる奴いるだろ！　貸してくれないか！」

男が振り返って叫ぶと、一人の冒険者が手を挙げる。

「ペン持ってるわよ！　あ、私もサイン欲しい！」

「僕も僕も！」

「サインくれよ！」

冒険者がこぞって手を挙げる。

「ええ……仕方ないな。オシャレなサインなんて書けませんよ」

「ケネスは書くの⁉」

リリーは驚いた様子である。

「いや、だってせっかく欲しいって言ってるんだしさ。せっかくだしリリー達もしてあげなよ」

「……恥ずかしいけど、みんなが喜ぶなら」

「私も勇気を振り絞って書きます……！」

そこからは大混乱である。

数多くの人が紙を持って集まってきた。

紙などがなかった人は何を思ったのか額にサインをしてくれって言ってくる人もいた。

洗ったら落ちると思うんだけど、一体全体どうするつもりなのだろうか。

ともあれ、悪くない時間であった。

誰かが喜ぶ姿を見るのが嫌なわけがない。

何より、二人にとってはすごく嬉しいことだろう。

誰かの心に刻まれる――というのとは違うかもしれないけど、その夢に一歩近付いたんじゃないだろうか。

「ちょっと落ち着いて！」

「うおおおお！　サイン貰ったら元気出てきたぞ！」

「怪我してるんじゃなかったんですか⁉」

俺は思わず、そんなことを言ってしまう。

「んなもん関係ねえ！　こんな英雄達にサイン貰えたら怪我なんて吹っ飛ぶわ！」

「吹っ飛ぶわけないだろ……落ち着いてください」

興奮するほど喜んでくれるのは嬉しいが、これで傷口が広がって倒れたりするのは勘弁してほしい。

それを処理するのも厄介だ。

一通りサインをし終わった後、俺は大きく息を吐いた。

「これで終わりだな。それじゃあ、街に戻ろうか」

パンと手を叩いて、俺は帰りを促す。

なんたって、大抵の人達は元気だが一応怪我人も交じっている。

急ぎで手当てしないと、傷口から細菌が入ったら大変なことになってしまう。

ギルドには医療チームもあるはずだから、ひとまず男爵領内のギルドに向かうことにしよう。

冒険者を引き連れて、平原を歩き始める。

「ありがとな、三人とも」

「いいんですよ。気にしないでください」

ふと、一人の冒険者が声をかけてきた。

額にサインを求めてきた人だ。

顔は俺とカレン、リリーのサインでぐちゃぐちゃになっている。

それでも、彼は幸せそうにしていた。

「お前らは俺達の英雄だ。誰がなんと言おうと、立派な英雄だ」

「そうですか……」

やっぱり慣れない。

自分が英雄だなんて言われても、性に合わずしっくり来ないでいた。

けれど、振り返ってみるとリリーやカレンが満足そうにしているので、俺は別にいいかと思う。

「謙遜してる姿も英雄っぽいよな！」

「あはは……なんだか恥ずかしいな」

しかし褒められるのは悪くない。

少しだけ、幸せを感じていた。

「皆さん大丈夫でしたか!?」

ギルドまで行くと、焦った様子の受付嬢さんがカウンターから飛び出してきた。

「怪我人が出たんですね、すぐに医師を呼びます」

受付嬢が急いで招集した医療チームが、怪我をしている冒険者達を診る。

「全員が軽症で済んでいる様子です。相手はSランクの飛竜種……普通ならありえないことなのですが……」

医療チームの一人が不思議そうに声を上げると、冒険者達が声を合わせて。

「こいつらのおかげだ！　彼らがいなかったら俺達は全滅していた！」

そう叫ぶと、ギルド職員の視線が一気に俺達に集まる。

少し気恥ずかしさを感じながら、苦笑を浮かべる。

頭をかきながら、佇んでいると受付嬢さんがこちらに駆け寄ってきた。

「むむむ……」

「え、ええ？」

じっと俺の顔を覗き込んでくる。

あまりにも距離が近かったので、俺は一歩後退するが、それに合わせて受付嬢さんも近付いてきた。

な、なんだ急に。

「見たことがある顔です。もしかして、Sランク剣士のケネスさんだったりしますか？」

「は、はい。そうですけど……」

「やっぱり！　有名ですよね！　ギルド間ではパーティから追放されて行方が分からなくなったと話題になっていたんですよ！」

まさかこんな田舎町にいるなんて、と受付嬢さんは語る。

どうやら俺はギルドの中では行方不明ということになっていたらしい。

まあそれもそうで、パーティを追放されてからギルドに顔を出したことなんてなかった。

それも目立たないように移動していたから、行方不明と判断されてもおかしくはない。

「なるほど。でも納得しました。ケネスさんなら余裕でドラゴンも倒しちゃいますね！」

「あはは……」

「ねえ。ケネスってそんなに有名人なの？」

「受付嬢さんの言い方的に、ケネス個人にSランクが付与されているような感じですが……一体全体どういうことなのです？」

リリーとカレンの二人は小首を傾げていた。頭の上に大きな疑問符が見えるようだ。

あれ、この話してなかったっけか。

でもこの様子だと二人は知らなそうだしな。

悩んでいると、俺の前にいた受付嬢さんは二人に向き直った。

「ケネスさんは、これまでの実績を鑑みてギルドが特別に【個人】に対してSランクを付与した特殊な人物なんですよ。とどのつまり、たった一人だけで【Sランクパーティ】に匹敵する実力を持っていると認められたというわけです」

ああ……こう改めて説明されると恥ずかしいな。

「あ、確かリレイ男爵が言ってた記憶があるわ……」

「そういえば……冒険者界隈では珍しい個人にSランクが付与された人物だって言ってた気がします」

「お前ら……もしかしなくても食事に夢中で話を聞いてなかった感じだよな」

そう言うと、二人は首をぶんぶんと横に振る。

「違うわよ！　個人にSランクが付与されているってのは聞いてたんだけど、一体どういう意味なのかは分かってなくて。まさか個人だけでSランクパーティに匹敵する実力の持ち主だとは思っていなかったわ……」

「そうです！　私も正直びっくりしていて、今言葉があまり出てきません」

本当か……？

なんて疑いながら、俺は頭をかく。

まあ別に知っても知らなくてもいいことだ。

俺は自分にSランクが付与されたのは、特別なことだとは思っているけれど、たまたまだと思っているし。

付与されたからといって俺の中の何かが変わるわけでも、特別にそれを誇っているわけでもない。

「とにかく！　ケネスさんには感謝してもしきれません！　ギルド全体から、ケネスさんに感謝を申し上げます」

「いや、いいんですよ。俺が特別すごいってわけじゃないので。もし言うならリリーやカレンに言ってください」

「ですが……」

「ギルドの人達は少し俺の実力を過信しすぎです。他の人達も見ていると思いますが、リリーやカレンの方がすごいんですよ」

俺なんて所詮、ただの剣士だ。

しかし、二人は違う。

「なんせ、神々の迷宮を攻略して加護を与えられた者達なんですから」

「神々の迷宮を……!?　それって本当なんですか!?」

受付嬢さんが驚いた様子で二人の方を見る。

リリー達は気恥ずかしそうにしながら、苦笑した。

「ケネスのおかげなんだけど、神々の迷宮を攻略して加護を手に入れたのは本当よ」

「そうですね。加護は一応持ってます」

「嘘……確かに神々の迷宮が攻略されたという噂は聞いていましたが、まさか本当だったなんて……」

受付嬢さんは口を押さえて驚いている。

しかしすぐにコホンと咳払いをして、口角を上げる。

「そんな素晴らしい人達がこの街に来ていたなんて驚きです。と言いますか、光栄です。改めましてありがとうございます」

「だってよ二人とも」

と言って二人を見ると、恥ずかしそうにモジモジしている。

「ところで、ケネスさんはこれからどうするご予定なんですか？」

「ええと、ひとまずリレイ男爵に報告をしに行こうかと」

「男爵様と直接繋がりを持っていらっしゃるのですね……でもさすがにケネスさんレベルとなると当然ですか。なるほど。ギルドの方からも、リレイ男爵にケネスさん達の活躍をお伝えしておきますね」

そういった後、受付嬢さんはにっこりと笑って、

「きっと、リレイ男爵のところへ向かうといいことがありますよ」

意味ありげにそう言った。


「戻ってきてくれたか！　きっと君達ならやってくれると信じていたぞ！」

リレイ男爵の屋敷に戻ると、使用人よりも先にリレイ男爵本人が出てきた。

どうやらずっと門の前で待っていたらしい。

なんだか申し訳ないなと思いながらも、彼の気持ちをありがたく思う。

俺達三人はそのまま応接室に通された。

「ギルドから伝達があった。ケネス達が冒険者の面々を守ってくれたんだと」

そして、髪をかきながら言いづらそうに言葉を繋ぐ。

「それと、冒険者が迷惑をかけたらしいね。謝っていたよ、ケネス達には悪いことをしたって。こちらからも謝罪させてくれ。僕の領民が迷惑をかけた」

「いやいや！　謝らないでください！　別に俺達は気にしていないんで。な、二人とも」

「ええ！　全然気にしていないわよ！」

「私もです！　どちらにせよ、みんなを守れて私は満足です！」

二人がそう言うと、リレイ男爵は感激した様子で握手を求めてきた。

リリー達は照れ笑いを浮かべながらも握手をする。

とはいえ、二人は嬉しそうにしていた。

きっと、誰かを守ることができたからだろう。

彼女達にとって、人助けは生きることに等しいんだと思う。

息をするのと同じで、誰かのために懸命に生きる。

それが二人の生き方なんだと俺は認識している。

全く、俺より立派な生き方をしているよ。

「そして、だ！　僕は君達にお礼をしなければならない！　ギルドからも少し話を聞いているかもしれないが」

ああ……確か受付嬢さんが「いいことありますよ」なんて言ってたか。

今回はギルドを通した正式な依頼ってわけじゃないから、謝礼はなくてもいいんだが、人の厚意を受けるべき時ってものもある。

ここはお言葉に甘えて受け取るべきだな。

それに謝礼は俺個人ではなく、俺達三人『希望への道』に対してなんだから。俺の独断で断るわけにはいかない。

リレイ男爵が指を弾くと、奥の方から使用人が一人やってきた。

手には革袋が握られていて、それをリレイ男爵に渡す。

「ギルドと僕からのほんの気持ちだ。旅の資金にしてくれ」

言いながら、袋を渡してきた。

ずっしりとした重みに、思わず目を見開く。

待て待て、これってもしかしなくてもお金だよな。

ちらりと中身を確認してみると、やはり金貨が入っていた。

「こんなに……本当にいいんですか？」

「構わないさ。逆にこれだけで申し訳ない。本当はもっと出したいところなのだが、伯爵や公爵みたいにお金が有り余っているわけでもなくてね」

「いやいや、ありがたいです！　すごく助かります！」

「ははは！　喜んでくれたようで何よりだよ！」

「ねね！　あたし達にも見せてよ！」

「見たいです！」

「あまりはしゃぎすぎるなよ」

リリー達は袋を持つと、まずその重さに感激していた。

ワイワイ騒ぎながら中を覗くと、今度はぴょんぴょん跳ねながら喜び出した。

さながら小動物のようで、思わず笑ってしまう。

リレイ男爵も同じだったらしく、肩を揺らして笑っていた。

「二人とも笑ってる⁉」

「……笑ってますよね⁉」

顔を真っ赤にした二人が詰め寄ってきた。

俺と男爵は仰け反りながら苦笑する。

「いや、そんなことないぞ……」

「ふふふ。僕は君達が嬉しそうで何よりだよ」

「もう！」

「悲しいです！」

まあ、笑ったのは悪かったよな。

あれだよあれ。可愛い年下はからかいたくなるやつ。

「でも……ありがとう。本当に嬉しいわ。あたし達、誰かの役に立てたんだなって実感できた」

「そうですね。私達にお金を払ってもいいって思ってくれた気持ちが嬉しいです」

二人は恥ずかしそうに笑う。

「当たり前じゃないか！　僕は君達を英雄だと思っているからね。英雄さん達にはそれ相応のお礼をしないと貴族として恥だ」

リレイ男爵は胸を張って言う。

そして、俺に尋ねてきた。

「で、これから君達はどこへ行くんだい。ずっとここに留まるわけではないだろう？」

「まだどこへ行くかは未定ですけど、また神々の迷宮に挑もうと思っています」

ここに留まるのも悪くはないのだが、やるべきことがある。

神々の迷宮を攻略し、人々を助け、そして二人に加護を与える。

暇を持て余した俺がするべきことだ。

「そうか……寂しくなるなぁ」

リレイ男爵は薄く微笑みながらも、俺の肩を叩いてくる。

「きっと君達は、人々が達成できたなかったことを成し遂げることができる。これからの活動、応援しているよ」

「ありがとうございます」

「ありがとう！」

「嬉しいです！」

誰かに応援されると、胸が温かくなる。

前までいた『龍の刻印』では、こんな経験はなかった。

できて当たり前。

それが当然の世界だったたからだ。

「あ、そうだ。まだ君達次の行き先、決まってないんだよね」

「そうですね」

リレイ男爵は指をぴんと立てる。

「僕に提案があるんだ」

言って、くすりと笑う。

「アルト伯爵領。あそこ、実はかなりヤバい状態だって聞いていてね。伯爵も性格があれでさ、領民達も苦しんでいるんだ」

アルト伯爵領か。

確か、ここから少し離れた場所にある領地だな。

「あそここそ、英雄が行って状況を変えるべきだね。きっと国王様も喜ぶはずだよ」

なるほどな。

詳しいことは分からないが、俺は流れに身を任せることにした。

俺達の次の目標はアルト伯爵領、そこに決まりだ。

行き先が決まった俺達は早速旅への準備に取りかかることにした。

それほど遠くない場所といっても、やはり距離がある。

食料やその他諸々、買っておいた方がいいだろう。

「食料か。それなら街の市場がいいと思う。あそこは我が領地ながら品揃えが良くてね、案内するよ」

「マジですか。ありがとうございます」

リレイ男爵に尋ねたところ、すぐ自ら市場へと案内してくれた。

そこには、野菜や果物、大きな肉の塊や見たこともないような魚など、数多くの食料が並んでいて、見ているだけで楽しめる。

「おお！　すごいわね！」

「食べ物がたくさんです！　どれにしますか⁉」

「日持ちするのがいいな。もし腹を壊したら下手すれば死ぬからな」

旅の途中で体調を崩すのは禁忌だ。

油断すると命に関わる。

生物は避けて、固くて日持ちするパンやドライフルーツ、干し肉を買い漁る。

確かにリレイ男爵が言っていた通り、どれも上質な物だ。

これなら道中も安全に進むことができるだろう。

「よし、準備できたな。それじゃあ馬車に戻って出発するとするか」

一通り買い物ができたので、ジャガーさんと約束した場所へ向かう。


ジャガーさんは相変わらず、摑みどころのない様子だった。

彼とは同じ精神を感じる。

これがシンパシーと言うやつか。

いや、俺と一緒にされるのは嫌だろうな。

「ジャガーさんアルト伯爵領に向かいたいんですけどお願いできますか。あ、謝礼はちゃんと払います……」

そう言って、俺は慌ててコインを取り出そうとする。

「金はいらぬ！　代わりにお主が持っている食料を貰うぞ！」

「もちろんです」

ジャガーさんが頑としてコインを受け取ろうとしないので、市場で買った食料をいくつか、手渡した。彼は満足そうに笑う。

「聞いたぞ、Sランクの飛竜を倒したんじゃってな！　さすがは英雄さんだ！」

「あはは……リリーやカレンのおかげですよ。また誰かの役に立ててよかったです」

「謙遜をしおって！　まあよい。それじゃあ乗り込め！」

ジャガーさんに言われるがまま、俺達は馬車に乗り込む。

本当に彼には感謝しなければならない。

いつも待っていてくれるし、どこへでも連れて行ってくれる。

これといった報酬は渡していないのに、こんな長時間付き合ってくれるだなんて普通はありえない。

コンコンと、小窓を叩く音がする。

音のした方を見るとリレイ男爵がグッドサインを作ってニコリと笑っていた。

「これからの旅路を応援しているよ！　またいつか会おう！」

「お世話になりました！　またいつか！」

「ありがとう！」

「ありがとうございました‼」

馬車が動き出し、リレイ男爵の姿が遠くなっていく。

これでリレイ男爵領ともお別れか。

またいつか、この場所にも来たいな。

「楽しかったですねー」

「美味しいご飯も食べられたし、最高だったわ！」

「ああ。いい場所だった」

俺はふうと息を吐きながら、背もたれに体重を預けた。

◆

『クリアリー、お疲れ様です』

『黙れエルドラ。貴様に気安く話しかけられる筋合いなどない』

『怖いですね。神様同士仲良くしようじゃありませんか』

『不可能だ。貴様の性格が気に食わない。適当なくせに偉そうでなおかつ――』

『クリアリー、少しは黙らんか。始まりを邪魔するな』

一人の男がクリアリーに対し、叱責する。

『マスター……しかし、私は気に入りません！　なぜあのような男が選ばれたのですか！』

『彼がそれ相応の器を持っているからだ。それ以外に理由はない』

『しかし……』

クリアリーは納得がいっていなかった。

あのような男がマスターに認められるなんて、理解ができない。

『少しは落ち着いたらどうですか。私達が派遣したSランクのドラゴンも彼らは倒してしまったでしょう。あれ、普通の人間では倒せないですよ。それがある種の証明ではないですか』

『貴様は黙れ。私は貴様にだけは言われたくない』
クリアリーの反応に、エルドラはやれやれと首を振る。
『全く、せっかく計画が進んでいるのに落ち着かない人がいると面倒ですね』
『なんだと貴様。愚弄したな、表に出ろ』
『どこに出るというのです。ここは天界ですよ』
『……気に入らない。クソが』
クリアリーは嘆息しながら椅子に腰を下ろす。
真っ白な世界にぽつんと用意された椅子は相変わらず不気味である。
『クリアリーよ。予定通り加護を与えたのか』
マスターが尋ねる。
『与えました。既に人間以上の実力を手にしたかと』
『そうか。後は無理やりにでもケネスに加護を与えるだけだな』
次の迷宮、そこが我らにとってのターニングポイントだと語る。
『マスター。聞きたいのですが、その計画とやらで一体何がしたいんですか』
クリアリーには純粋な疑問があった。
マスターが行おうとしている計画。
その全貌を詳しく聞いているわけではなかったのだ。
ただ、試練を達成できたのなら加護を与えるという指示に従ったまでである。
『人類を再構築《リビルド》する。選ばれた人間だけが生きる世界の生成だ』

それが、
『【神々の子計画】。それがマスターの望みだと？』
『その通りだ』
聞いて、クリアリーは椅子に体重を預ける。
確か、前々からそんな話をしていたか。
もう何千年も前の話だったから忘れていた。
『思い出しましたか？　クリアリー』
横からエルドラに口を挟まれて、クリアリーがムッとする。
『私を馬鹿にするような言い方はやめろ』
『馬鹿にはしておりませんよ。少しからかっているだけです』
『それを馬鹿にしていると言うんだ。クソ、天界に帰ってきたってのに居心地が悪い』
エルドラとクリアリーが睨み合いをしていると、マスターが拳を握った。
瞬間、クリアリーの体が重くなる。
『あら。可哀想に』
エルドラがそう言って肩を竦める。
拘束である。
クリアリーはマスターに仕えている。そのため、体の権限はマスターにある。
『もうすぐだ。楽しみだ。実に、楽しみだ』
マスターはニヤリと笑い、机を叩く。

『彼らが次の迷宮を攻略した時、我が動くのはその時だ』

第五章 エドの失策と革命を起こそうとする暇人

「もう私は限界……ケネスを連れ戻しましょ？」

「ケネスを連れ戻すだって……？　本気で言ってるのか!?」

小さな宿の一室。

今までなら豪華な部屋を取っていたのに、今は金がないから貧相な宿しか取れないでいた。

ギルドや依頼主からの信用も落ち、自分達に直接依頼が入ってくることも少なくなった。

そんな過酷な環境下、アナは苦労を訴える表情を浮かべながら、エドに提案をした。

もう限界が来ていたのだろう。

あれほどケネスを疎ましく思っていたのに、今となってはどうにかして連れ戻したい気持ちになっていた。

しかしエドは認めようとしない。

否、認めたくなかった。

自分達にケネスが必要だって？

そんなのありえない。

ありえるわけがない。

「馬鹿野郎……今更連れ戻したら大恥だぞ……！」

しかし、エドは絶対的な否定もできないでいた。

エドもエドでかなり疲れていたのだ。

まさか地味なおっさん一人を追放したことで、こんなにもパーティがボロボロになるなんて思ってもいなかった。

全く、想定していなかったことだ。

「大恥ならもう十分かいてるわよ。ついこの間だってランク下の冒険者に笑われたでしょ」

「それは……」

エドは先日、殴られた腹を触る。

これは……自分がケネスを追放しなければ負わなかったかもしれない傷である。

——何考えてんだ僕は！

一瞬でも、ケネスがいればと思ってしまった自分を殴りたくなる。

でも……限界が来ていた。

ケネスがいれば……あいつが帰ってくればこの環境も変わるかもしれない。

「あいつ、帰ってくるかな」

エドは椅子に腰を下ろし、力なく言葉を発した。

「帰ってくるわよ！　嘘でもいいから都合のいいことを言ったら彼なら帰ってくる。だってあいつは優しすぎる。それに付け込むのよ」

「そうだ。確かにそうだ。あいつは確かに優しすぎるところがある。そこに付け込むことができたら、戻ってくるかもしれない！」

エド達はこの状況下に陥ってもなお、自分達が上だと認識していた。

あいつが優秀なのは仕方がないから認めよう。

だが、あいつは馬鹿だ。

優しすぎて、誰にでも手を貸してしまう。

それに付け込んでやる。

「そうと決まればだが……アナ。絶対ケネスに媚びたりするな。あくまでも上からの態度で接しろ。そうしないと、僕は悔しく――」

「それじゃあ彼の優しさに付け込むことなんてできないわよ。ここは妥協しましょう」

「……分かった。しかし、連れ戻すことに成功したらすぐにいつも通りに戻るからな。そうしないと、リーダーとしての威厳がなくなる」

「いいわよそれで。元に戻れるなら、この際なんでもいい」

やるべきことは決まった。

エドは立ち上がり、情報収集に向かう。

「ケネスの居場所を探ろう。さっさと済ませて、僕達の威厳を取り戻すぞ」

◆

「アルト伯爵領って結構ヤバいって聞いたんですけど、ジャガーさんは何か知っていますか?」

揺れる車内。

俺は天井をぼうっと眺めながらジャガーさんに尋ねてみた。

御者は各地を旅していることが多いため、色々と情報通だったりする。

リレイ男爵から詳細を聞き忘れていたので、試しに聞いてみることにしたのだ。

「そうじゃな……アルト伯爵は傲慢で強欲。市民から税を多く集めるくせに市民を守らないスタンスだと聞いておる。子供は満足に教育を受けることができないし、それどころか、領主に搾取されるせいで、ろくな食事もできずに命を落とす者もいるとか……。あそこは神々の迷宮とは関係なく荒れていると言われておるな」

「なにそれ……最低じゃない」

「最悪ですね……」

リリーとカレンはドン引きといった様子である。

彼女達の気持ちは分かる。

領主は権力を持っている分、それを振りかざす奴もいるにはいるが、そこまで最悪なのは滅多にお目にかかれない。

正直俺も引いている。

「こりゃ、リレイ男爵と違って仲良くはできそうにないな」

まあ、そもそも貴族と仲良くなるってのが特殊だから、リレイ男爵の件は参考にならないかもしれないが。

しかしこうなると市民が可哀想になってくる。

けれど俺には何もすることができない。

せいぜい神々の迷宮による被害をゼロにすることしかできないだろう。

「あたし、アルト伯爵をぶん殴るわ」

「んん？」

「私も。絶対に許せません」

「へ、マジで？」

俺は思わず間抜けな声を漏らしてしまった。

まさか貴族を相手に戦うのか？

「ケネス、あたし達の力で変えましょう！」

「革命を起こすのです！」

「……完全に専門外なんだけど」

俺は冒険者としてこれまでやってきたが、革命なんてやったことがない。

というか、したことがある冒険者の方が少数だろう。

「やりましょう！　私達ならできます！」

「お前ら……下手すれば首が飛ぶぞ？」

貴族にたてつくってことは、常に危険が付きまとうことになる。

なんせ俺達はあくまで一般市民。

どんなに抗おうとも、どんな戦歴を残そうとも、地位で言えば相手の方が上。

全力で逃げることはできるかもしれないが、死刑と言われれば全国指名手配は免れない。

「市民を守るためよ！　あたし達がやらないで、誰がするのよ！」

「そうですそうです！　みんなを守るためなら、命だって惜しくありません！」

「本気かよ……おっさん、もう少し長生きしたいわ……」

この勢いだと、本当に俺の首が飛びそうだ。

まだ何もされていないのに、首元がヒリヒリする。

だが……俺は彼女達の夢に付き合うって言ってしまっている。

約束は絶対に守る主義なのが俺だ。

「まあ、革命も長い人生の中では一回くらいやっておいて損はないのか？」

「そうこなくっちゃ！」

「さすがです！」

いや、長い人生とはいえ、普通は革命なんてする人間いないけどな。

ともあれ、俺は暇人だ。

暇人が革命を起こすってのもおかしな話だが、いい暇つぶしにはなるだろう。

迷宮の攻略も革命も命をかけた暇つぶしには代わりないか。

「しゃーねえな。でも、マジで命大事にな」

「もちろんよ！」

「当たり前です！」

革命をする上で命大事に……って不可能な話だと思うけど。

もうやるって決めた時点で成功しないと死刑は免れないわ。

「盛り上がってきたわ！　革命起こすぞー！」

「ビバ、世界平和ー！」

「へいへい……」

おっさん、若者の感性についていけないわ。

もう少し長生きしたかったが、まあこれも悪くない。

命を燃やすほど打ち込めるものがあるのは、男冥利につきるってものだ。

俺には合わないけど、たまにはこういう馬鹿みたいなことをしてもいいかもしれない。

俺は少し慎重すぎるところもあるしな。

こうやって命をかけて何かをやるってことは今までしたことがなかった。

彼女達のためだ。

今回だけは命を張ってもいいだろう。

「そろそろ着くのじゃ……が。ワシは怖いから街の外の森で隠れておる。治安のことを考えると、安全にお主らのことを待つ手段はこれしかない」

「もちろん大丈夫ですよ。命が一番ですから。食料は買い込んでるので、一部を置いておくから自由に食べてください」

「ありがたい……！　それじゃあお主ら、頑張るのじゃぞ！」

「頑張りますー」

「頑張るわね！」

「頑張ります！　ふん！」

ジャガーさんにお礼を言って、俺達は馬車から降りる。

ここはアルト伯爵領郊外の森。

この先、まっすぐ歩くと街が見えてくるはずだ。

しばらくは何事もなく歩いていたが……。

「うおっ⁉」

何かの気配を感じ、咄嗟に剣を引き抜き斬り倒す。

見ると、フォレストスパイダーが倒れていた。

もしかして……と思い、上を見上げる。

「ヤ、ヤヤヤヤヤバいわよ……！」

「蜘蛛です！　めちゃくちゃでかい蜘蛛ですひゃぁぁぁぁぁぁぁぁ⁉」

「お前ら走るな⁉　俺を放置して走るな⁉」

全力で走っていく二人。

俺も追いつこうとしたが、無数のフォレストスパイダーが木にぶら下がっているため邪魔で追いつけないでいた。

「序盤から早速俺だけ……不幸だ‼」

泣きそうになりながらフォレストスパイダーを斬っていく。

ランクはB程度。

とはいえ通常の森の中に出てくる魔物としては、やはりランクが高い。

図体も大きいし、くねくね動いているし。

もうビジュアルは最悪だ。

女の子である彼女達が逃げるのも納得がいく。

でもさ……仲間の俺を放置するのはないわ……！

「ぜぇ……ぜぇ……疲れた……」

結局、邪魔する魔物を全部倒して、ようやく森を抜けることができた。

肩で息をしながら顔を上げると、申し訳なさそうにしている二人の姿があった。

「なんで逃げた……俺を殺す気か……」

「蜘蛛は……駄目だわ……」

「申し訳ないです……さすがに逃げちゃいました」

さっきまで貴族にたてついて、革命を起こそうと言っていなかったか？

「お前らの基準が分からん……」

今後蜘蛛が出たら死ぬ覚悟をしよう。

多分、また放置される。

ジャガーさんが少し心配だが、あの辺りは魔物の気配がなかったから大丈夫だろう。

「本当にありがとう……」

「すみません……」

「気にすんな。もう今後の死ぬ覚悟はできたから」

「見て！　あそこがアルト伯爵領の街じゃない？」

確かに門が見える。

ここがアルト伯爵領のどの辺りなのかってのは分からないが、少なくとも街には到着することができたようだ。

幸先は悪かったが、ひとまず安心していいだろう。

にしてもだな。

「街なのか……あれ」

「ボロボロじゃない……」

「まるでスラムですね……」

街とは言ったものの、訂正しようか悩んだ。

それほどまでに、建物は軒並みボロボロだったのだ。

魔物の影響だけじゃあ、こんな酷さにはならないだろう。

明らかに、人為的なことも作用しているように見える。

「貴様！　今すぐにその親子を離せ!!」

「な、なんだ!?」

「なんだか物騒な声がしましたね!?」

広場らしい開けた場所の方から、荒っぽい声が聞こえてきた。

言葉は荒いが、声の主は女性のようだ。

俺達は慌てて声のする方に向かった。

「ふははは！　離すわけがないだろう！　革命軍は潰すようアルト伯爵に言われていてね、こっちも金を貰っているんだ。動くなよ、さもなければ子供の命も奪ってやるからな」

広場には数多くの仮設テントのような物が設営されていて、ボロボロの衣服を着た人達が出入りしていた。

どうやら、家がない人達が、そこに住んでいるようだった。

それだけでも街が危機に瀕しているのを察することができるのに、目の前にはもっとヤバい状況が広がっていた。

防具を身に着けた男達三人が、母娘と思われる女性達を拘束している。

そして、母親らしき人物に剣を突き付けていた。

おいおい……早速物騒だな。

「彼らは革命軍に所属していない、無関係な人間だ！」

一人の女性が前に出ようとするが、近付こうとする度に男達が母親の首筋に剣を食い込ませる。

状況的には最悪で、動けば母娘共々死ぬ。

動かなくても母親は死ぬ。

全く初っ端から……。

「リリー、一発ぶっ放せ。目標は男が持っている剣だ」

「了解」

俺は指示を出し、すっと鞘に手を持っていく。

一瞬の静寂の後に発射された弾丸は、母親を拘束している男が持っていた剣に直撃。

金属音と共に、剣は空中に舞った。

「な、なんだ――」

一瞬、男達が動揺してできた隙を俺は見逃さない。

全力で地面を蹴り、一気に距離を詰める。

そして、鞘に納めたままの剣で男の顔面に向かってフルスイングを決めた。

「うがっ⁉」

「な、なんだ⁉」

「何事だ⁉」

男が吹き飛んだのを確認した後、俺はすかさず両隣にいた男達も剣で薙ぎ払う。

一人は頭に直撃させ気絶、一人は腹に打撃を与えて行動不能にした。

女の子を抱えていた男の手が緩む。

「逃げてください！」

「あ、ありがとうございます‼」

母親がすかさず男の手から離れた女の子の手を引く。

「ひ、ひっぐ……あり、ありがとうございます……」

五歳くらいだろうか？　女の子は泣きながら、それでも俺にお礼を言ってくれた。

逃げていく母娘を確認した後、腹を抱えて苦しんでいる男のそばにしゃがんで様子を見る。

「死んでないよな。よし、しばらくおねんねして反省してろ」

そう言って立ち上がり、目の前の女性を見る。

それなりの防具を身に着けており、腰には剣が下げられていた。

凛とした印象の人だ。

「あの母娘を助けてくれて、ありがとう」

「いや、礼を言われるほどのことはしてないですよ」

俺達に礼を言ってきた声は、さっき男達に啖呵を切っていた女性のものだった。

「あなたは……外の人間だな」

「はい、ケネスって言います。そして隣にいるのがリリーとカレン」

「初めまして」

「初めましてです」

女性は腕を組んで、ふむと頷く。

「私はユウリだ。ここ、アルト伯爵領を変えるために革命軍を結成し、その代表をやっている」

「なるほどね。だからさっきみたいなことに」

まさか既に革命軍がいるとは思わなかった。

ともあれ、こんな酷い現状だと革命を考える人達が出てくるのは納得できる。

「ああ……奴らは革命軍とは関係のない市民も狙うのだ。本当に……悔しい」

「散々な状況って感じですね。神々の迷宮だけでなく、人間もその元凶、か」

俺も聞いていて腹が立ってくる。

無抵抗な市民を狙うなんて領主がすることではない。

「しかし、あなた達は何者なんだ。先程の力、ただの人間ってわけじゃないだろう?」

「まあ……一般人ってわけじゃないかもですね」

説明しろと言われると少し難しい。

ギルドや依頼主から頼まれて動いているわけではないから冒険者でもないし。

ただの旅人って言ってもいいが、旅人がこんな場所に来るなんて思えないしな。

「とりあえず本部で話をしよう。案内する」

そう言って、ユウリさんはくるりと踵を返す。

俺達も急ぎ足で彼女を追いかける。

街を歩いていると、広場にあったのと同じようなテントがあちこちにあって、老若男女様々な人達が顔を出してこちらを見てきた。

俺はそれを見て、なんとも言えない気持ちになった。

子供達は怯えた様子で、外に出ようとしない。

あの年頃だと外で遊びたいだろうに。

周囲には革命軍らしき人達がいて、街の警備をしているようだが……テントの数などから考えるに人数は不足しているのだろう。

「……言葉が出ないわ」

「酷すぎます……」

リリー達がぼそりと呟くと、ユウリさんがこちらをちらりと見て悲しげな表情を浮かべる。

「酷いだろう。これも全て……アルト伯爵という人間――そして魔物達のせいだ」

「さっきみたいな襲撃はよくあるんですか」

「ああ、定期的にある。それだけならまだマシで、ここは神々の迷宮が近くてな。魔物にもよく襲撃されている」

なるほどな。

それじゃあ街がこうなってしまうのも納得できる。

やがて俺達はギルドらしき建物の前までやってきた。

ユウリさんが立ち止まり、ドアをノックする。

こちらを一瞥して、

「ここが革命軍本部だ。入っていいぞ」

本部の中に入ると、歴戦の戦士のような人がたくさんいた。

俺達のことをちらりと見て、誰もが警戒態勢を取る。

「安心してくれ。彼らは味方だ」

ユウリさんが手で制すと、安堵したかのように椅子に座り込む。

全員が常に緊張状態でいる……それだけで、どれだけ過酷な環境かということが分かる。

「ここはギルドを改装した場所でな。おかげで少しは居心地がいいはずだ。ええと、それじゃあそこに座ろうか」

ユウリさんに案内されるがまま、俺達は簡素な椅子に腰掛ける。

ここは多分酒場だったのだろう。

丸机を囲む形になる。

「ところで、君達はどういった目的でここに来たんだ。あまり言いたくはないが……旅人が来るような場所ではないと思うが」

確かに旅人が来るような場所ではないだろう。

そのため、俺達の登場に彼女が警戒心を抱くのはもっともだ。

「俺達は神々の迷宮を攻略するために旅をしている者です。それと——」

「アルト伯爵をぶっ飛ばしにきたの！　話を聞いて……あたし許せなくて！」

「私もです！　ここ、伯爵領の現状を見て更に決意しました。私達にも革命のお手伝いをさせていただけないでしょうか！」

俺が言おうとしたことを、全て彼女達が代弁した。

少し説明を端折りすぎているかもしれないが、大方それで間違いない。

「神々の迷宮を攻略……もしかして『希望の道』の皆さんか？」

「そうです。もしかしてご存じでしたか？」

「もちろんだ！　『エルドラ』や『クリアリー』を攻略した化け物がいるという噂はこちらにも届いている」

なるほど。噂ってのは速いものだ。

既に別の領地にも情報が流れていたとは。

「そんな方達が私達の味方になってくれるとは！　なんて頼もしいんだ！」

ユウリさんが目を輝かせながら、俺の手を握ってくる。

あはは……まさかここまで喜んでくれるとは。

革命だなんてやったことがないけど、誰かを助けるって考えると悪くはないな。

「ひとまず俺達は神々の迷宮、その攻略を考えています。人間だけでも厄介なのに、魔物からの襲撃に関しても考えないといけないのは大変だと思うので、まずはそっちを優先しようかと」

人間と魔物。

その両方の危険を同時に考えないといけない、そう考えるとまさに地獄である。

被害は更に広がるだろうし、下手すれば死人が出る。

「なるほどな……」

……あれ？

一瞬、ユウリさんの表情が曇ったような気がした。

違和感を覚えたのだが、すぐにユウリさんは表情を明るくする。

「とりあえず疲れただろう。今日は少し休んだらどうだ？」

「いや、俺達は大丈夫ですよ。いつもこんな感じでやっているので」

「神々の迷宮を攻略してから、更にここまで旅をしてきたんだ。疲れが溜まっているのは間違いないだろうし、万が一それが原因で次の迷宮攻略に支障が出たら大変だろう？　なんせ、相手は神々の迷宮なんだ」

「まあ……それはそうですね」

確かにユウリさんの言う通りである。

俺は平気だが、リリー達は実際疲れが溜まっているだろう。

数時間くらい休みを取ってもいいかもしれない。

「部屋なら用意しよう。ついてきてくれ」

◆

「休んでていいんですかね。私達」

通された部屋で、カレンが不服そうに言う。

「断ってもよかったかもしれないが、まだ会ったばかりだし、俺達は部外者だ。下手なことはせず言われた通りにするのが一番だろう。ああ言ってくれているが、絶対信用してくれているわけでもないだろうしな」

「それはそうね。でも、あんな街の様子を見たら不安で休んでなんていられないけど」

「まあな」

俺は本部の二階に用意された一室にて、ベッドに寝転がっていた。

このまま一眠りしようかとも思ったのだが、なぜか眠れないでいた。

リリーの言う通り、少し不安だったからだ。

とはいえ、多分リリーの言っている不安と俺の不安とでは意味が違うだろう。

俺は、ユウリさんの言動が気になっていた。

俺達が神々の迷宮に挑むと言ったら、少し訝しむような表情をしていた。

その表情が何を意味するのか、ってのは今は分からない。

ただ、漠然とした不安が胸に残っている。

「休めねえな、これじゃ」

外を見ると、もう暗くなっていた。

ここに着いたのが夕方ごろだったから当然と言えるだろう。

「ちょっとぶらついてくる」

ベッドから起き上がり、俺は扉の前に立つ。

「あたしも行くわ」

「私も。ここでじっとしていても落ち着かないので」

「分かった。んじゃ、行くか」

ともあれ下手な行動はできない。

本当に近場をぶらつくくらいだ。

そう思いながら部屋を出て階段を下りると一人の男と目があった。

俺の顔を見るとなぜか慌てた様子でこちらに駆け寄ってきた。

「お前ら、神々の迷宮に行ってなかったのか⁉」

「え……？　はい。ユウリさんに休んだほうがいいと言われまして」

「嘘だろ⁉　俺達の代表はお前らと一緒に迷宮に挑んでくるって出ていったんだぞ⁉」

おいおいおい、待て待て。

それってつまり、ユウリさんが一人で神々の迷宮に行ったってことなのか？

一体どうして……どう考えても、わざと俺達を置いて挑みに行ったとしか思えない。

「あの、神々の迷宮ってどこにありますか。今すぐに向かいます」

「教える教える！　だから代表を助けてやってくれ！」

「神々の迷宮付近はただでさえ危険だってのに……どうして代表は……！」

どうやら聞いたところによると、神々の迷宮付近の地形はかなり歪になっているらしい。

これまで挑んできた迷宮付近は、普通の森だった。

だが、今回の場所は違うらしかった。

「どういう感じに危険なの？」

「ああ……なんて説明すりゃいいのか分からないが、重力がおかしくなってんだ。空中に壁があるかと思ったら、急に体が浮いて、壁だと思っていた場所が地面になる。何度も天地が逆転するんだ。それに魔物の数も多い……あんな場所、一人じゃどうにもできねえよ」

天地が逆転する。

あまり想像できないが、とどのつまりこの世界の重力を無視した空間になっているのだろう。

本当に気味が悪い。

神々の迷宮ってのは変なことが多いが、想像を絶するな。

「で、迷宮ってのは一体どこに」

「俺が案内する」

「いえ、大勢で行動するとアルト伯爵の兵に付け入る隙を与えてしまいます。あなた達は、ここを守っていてください」

俺がそう提案するとリリーとカレンも同調するように頷いた。

「そうか、すまない……。迷宮は街の南西、歩いているとすぐ分かると思う。重力がおかしくなった場所を抜けると、巨大な球体状の物体がある。岩石でできたボールみたいな物だ」

「なるほど。これまた個性的だな……」

神様によって趣味だったり能力が違うから当然だろうが、今回ばかりは会う前から凄い奴なんだろうと察しがつく。

こんだけ現実世界に干渉してくるってのは相当な実力者なのだろう。

「迷宮の名は――『ケミスト』ってんだ。お前ら……すまないが頼んだ」

「分かりました。任せてください」

「任せて！」

「私達にお任せを！」

◆

「とはいえ……迷宮付近がどうなってるのか、少し警戒する必要があるな」

俺達は男に言われた通り、街のメインストリート――といっても寂れたゴーストタウンのような様子だが――を南西へ向かって歩いていた。

やがて道がとぎれ、目の前には鬱蒼とした森が現れた。かなり気味が悪い。

「警戒って言っても、あの情報だけじゃあ用心のしようがないわね」

「まあな。重力がおかしくなってるって正直イメージできない――」

と言った瞬間、体が宙に浮いた。

ぐるんと世界が反転し、いつの間にか先程まで地面だった場所が頭上にあった。

「あっぶねえ……舌噛み切るところだったわ……」

「びっくりしたわ……なにこれ」

「本当に重力がおかしくなってますね」

完全に重力を無視している。

体の自由が利かないってわけではないが、上下に関してはされるがままだ。

――ギシャァァァァ‼

「って早速だな」

突然眼前に現れたオーガを見据える。

どこから現れたのか、さっきまで気配すら感じなかったのに。

ダンジョン内では突然、魔物が湧いてくることがある。

それと似通った現象が、ここでも発生しているのだろう。

神々の迷宮なのだ。

それくらい起こってもおかしくはない。

「穿て」

「当たってください！」

俺が攻撃を仕掛ける前に、二人が弾丸と魔法弾を放つ。

俺の頬のギリギリのところをすり抜け、オーガに直撃した。

腕が吹き飛ばされるが、オーガはそれほどダメージを受けていない。

「面倒な相手ね……！」

「ここは俺がやる」

剣を引き抜き、いつものように地面を蹴ろうとしたが、そこは空中だった。

しかし、思い切り空を蹴ると体が自然に前に進んだので、俺は一気にオーガとの距離を詰める。

相手の顔面付近までやってきた瞬間、俺は剣で思い切り薙ぎ払った。

オーガの胸に斬撃を与えるが、それでは終わらない。

こいつの耐久力が桁違いってのは既に、リリー達の攻撃で把握済みだ。

「《連撃》」

俺は一閃だけでは留まらず、相手に隙を与えないよう続けざまに斬りつける。

重く、そして速く。

最後の一閃を繰り出す頃には、オーガは立ったまま絶命していた。

ふう……少しおっさん疲れたわ。

まあ、これくらいで倒れる相手でよかった。

気づけば、重力は元に戻り、地面に足がついていた。

「ケネス！　今の攻撃すごかったわね！　全く剣筋が見えなかったわよ！」

「全く見えませんでした！　あれ、バフなしですよね？」

「バフはしてないぞ。まあ、これくらいある程度の経験がある剣士ならできるさ」

俺が積んできた鍛錬なんてたかがしれている。

もっと努力している人間は無数にいるはずだからな。

「ある程度……？」

「もう慣れました。リリー、彼は人間をやめてしまっているので考えるだけ無駄です」

「なあ……お前ら悪口言ってるよな？　特にカレン。お前絶対悪口言ってるよな」

「言ってません！　褒めてます！」

「褒めてる褒めてる……」

「本当かぁ？」

あれが？　褒めてる？

まあいいか、と俺はひとまず前へと進んでいく。

途中、突如現れる魔物を退治しながら。

この付近は高耐久の魔物が多く出現するせいで、少し進むのに苦労してしまった。

汗を拭いながら前進していき、やっとこさ『ケミスト』が見えてきた。

「本当に球体だな……あんなのがこの世界に存在するって考えると気持ち悪いな」

目の前に現れた巨大な物体は綺麗な球体をしており、さながらボールのようだった。

しかし、これほどまでの巨大で綺麗な球体は人間では作ることができないだろう。

まさに神業と言える。

「石……で、できているわね。この形、まるで錬金した鉱石みたい」

巨大な球体を見上げながらリリーが呟く。

「錬金、錬金か。確かに錬金した鉱石とかってこんな形になったりするな」

俺は妙に納得がいって、リリーの思考に感心する。

そんな知識なんて、俺は持ち合わせていなかった。

もう少し勉強しなくちゃならないな。

「ともあれです。ユウリさんの救出を優先しましょう」

「だな。神々の迷宮は普通、攻略できないと言われている。死ぬのが当たり前って言われてるくらいだ。ユウリさんの実力は知らないが、少なくとも一人で攻略できるもんじゃない」

「……それを攻略してきたあなたは何者なんですかって質問は野暮ですか？」

「俺はただの暇人だ。それに俺は一人じゃなかったしな。たまたまいい相棒達に巡り合うとか、そういうたまたまが重なって、たまたま攻略できているだけだよ」

「……この暇人、わけ分からんわ」

「ですねぇ」

「ま、いいじゃねえか。んじゃ、行くとするか」

◆

エド達はケネスの居場所を探すために、情報収集に勤しんでいた。

探索は困難を極めると思われたが、案外すぐにある程度の情報は手に入った。

その理由は単純で、ケネスが各地で活躍しているからだ。

噂によれば、あの神々の迷宮を攻略しているらしい。

「さすがにデマだとは思うが。あいつにそんな噂が流れるなんてな。地味なただのおっさんだってのに、世間は過大評価しすぎなんだよ」

「そうね。さすがに神々の迷宮を攻略しているだなんて、無理があるわ」

エドは街を歩きながら、次なる情報を探す。

彼の腰にはナイフが仕込まれており、護身用でもあると同時に脅しの道具でもあった。

エド達は近距離戦が苦手だ。

そのため、相手から距離を詰められると途端に勝率が下がる。

特に今、自分達は周囲の人間から舐められている。

いつ襲撃されるか分からない。

そのためのナイフであった。

「まだ情報が足りない。よし、あいつから聞き出してみるか」

エドの目の前には馬車乗り場があった。

そこには多くの馬車が停まっており、御者達が居眠りをしている。

彼らなら各地の情報を知っているはずである。

エド達はこそこそと一台の馬車に忍び寄り、御者台に乗り込む。

そして、

「おい、起きろ」

「んん……ああ……ああ⁉」

「黙れ。叫んだら首から血が流れることになるぞ」

エドはナイフを御者の首に突き付け、口を塞いだ。

ここまでのことはしなくてもいいはずだが、今の彼らにはそこまでの判断能力はなかった。

ケネスが抜けたことにより虐げられ、限界を迎えていたのだ。

それに何をするにも金がなかった。

御者を脅してケネスの居場所を聞き出し、無理やりにでもそこまで運んで貰おう。

そう考えていた。

「ケネスって男を知っているか。知っていたら頷け」

御者は必死の形相で何度も頷く。

どうやらケネスのことを知っているようだった。

エドは御者の口を塞いでいた手を離し、しかしながらナイフを突き付けたまま尋ねる。

「ケネスは今どこにいる。喋れ」

「ア、アルト伯爵領へ向かった、という話を聞いています……」

「アルト伯爵領……？　どうしてあんな場所に」

エドの脳内に疑問符が浮かぶ。

あそこは危険な場所だと王都にも話は届いていたのだ。

ケネスがわざわざ危険な場所に向かうとは思えない。

あいつはそんな性格じゃないはずだからだ。

危険は可能な限り避け、無駄なことはしない。

それがあいつだ。

「何か知っているか？」

「し、知りません！　あの、命だけは勘弁してくださ――」

「叫ぶな。いいか、僕達をアルト伯爵領まで運べ。そうすれば何もしない」

「嘘でしょ!?　あんな危険な場所――」

「いいから早く馬車を出せ」

ナイフを少しだけ首に食い込ませると、御者は体を震え上がらせた。

そして、泣きそうになりながら手綱を握る。

アナもすぐに馬車に乗り込んだ。

馬車が動き出したのを確認した後、エドは後ろの席へと移動する。

「全く、苦労するな」

「ねえエド。やっぱり今のはやりすぎなんじゃない？」

「やりすぎ？　お前だって賛成しただろ」

アナは不安そうな瞳を向けていた。

ナイフを脅し道具に使うことには賛成していたが、やはりいざとなると罪悪感が湧いてきたのだろう。

それを見て、エドは嘆息する。

自分の彼女なのに、なぜ自分を非難するような目で見るのか。悪いのは全てケネスだというのに。

「いいかアナ。こっちは人生がかかっているってのは理解してるよな？」

「分かっているわよ」

「それに、ケネスを呼び戻そうって言ったのはアナだよな？」

「……………確かに、言ったけど」

「じゃあ、こんなことをしたって仕方ないよな」

「……そうね。うん、ごめん。なかったことにして」

「それでいい。最後に勝てばいいんだ」

「ええ。ケネスさえ連れ戻したら、私達は勝ち。また勝ち組に戻れる」

と、二人は自分達に言い聞かせた。

しかしその考えがあまりにも都合が良すぎることに彼らは気が付いていない。

自分達から——自分達の都合でケネスを追放したのだ。

それなのに、今更連れ戻そうなんて。
あまりにも勝手すぎるというものだ。
二人を待っているのは破滅——ただ一つだと言うのに、彼らはまだ気が付かない。
気が付かないまま、罪を重ねていく。

第六章 神々の迷宮『ケミスト』

「で……ケネス。入り口どこだと思う？」

「一周してみたけど、入り口らしきもんは見つからなかったな」

俺達は『ケミスト』の外周をぐるっと回ってみた。

生憎とダンジョンの入り口は見つからなかった。

「どういうこった……入り口がないダンジョンなんて初めて見たわ」

俺は頭をかきながら、『ケミスト』を眺める。

時間がないってのに、これじゃあユウリさんが危ない。

神々の迷宮では、万が一のことが普通にありえるのだ。

急がなければならないってのに。

「困ったな。ぶった斬って……は多分無理だな。全く、こりゃ早速足止めか――」

嘆息しながら『ケミスト』に背中を預けた瞬間、世界が暗転した。

一瞬にして目の前が真っ暗になったのだ。

確かに背後には石の塊があったはずなのに、思い切り背中を地面にぶつけ、俺は悲鳴を上げる。

「痛え……どういうこった？」

周囲を見渡すと、様々な家具が壁にひしめき合っている部屋の中にいた。

重力を無視し、さながら子供が無邪気にも乱雑に積み木を積み上げて作った玩具の部屋のような場所だ。

「うわぁぁぁぁぁ⁉」

「きゃっ⁉」

「おお⁉」

立ち上がり、呆然としていると背後から頭突きを食らった。

思い切り前方に転がり、今度は顎を地面に叩きつける。

痛さに悶絶しながら、顔を上げてみるとリリーとカレンの姿があった。

「ごめん！　ケネスが急に球体に引きずり込まれたから、慌てて捕まえようと球体に触れたら、引きずり込まれて……そのままケネスに直撃しちゃったわ」

「いやいいんだ。わざとじゃないならな……いってぇ……」

顎をさすりながら立ち上がり、俺は改めて周囲を確認する。

本当に歪なダンジョンだ。

本当に小さな子供が好き勝手に作った場所にしか見えない。

床だって、これは本当に床なのか疑ってしまうほど、凸凹で、あちこち色も違う。

今俺が踏んでいるのは……机か？

「意味が分からん」

なんて考え込んでいると、目の前に見覚えのある文字列が現れる。

神々の迷宮『ケミスト』へようこそ

僕は歓迎するよ

「またこれか」

しかし俺はこいつを見ると無性に斬りたくなる。

というか、今回に限って言えば急いでいるのでいつものように、暇つぶしとして楽しんでいる場合ではない。

「すまんが前置きは抜きで――」

剣を構え、斬ろうとした瞬間のことだ。

『君は本当にせっかちだね。僕の歓迎の言葉を最後まで聞いてくれよ』

「なっ……」

文字列から腕が一本浮かび上がり、素手で剣を防いだ。

『改めて、ようこそ僕の楽園へ』

「なにこれ」

「腕がぶんぶん動いてますね」

腕だけが空中に浮かび上がり、動き回っている。

奇妙な光景だが、相手が神様と考えるとありえないことではないだろう。

「恒例行事を邪魔するなんていい度胸だな」

『こちらの恒例行事を邪魔するのもいい度胸だと思うよ？　ケネスくん』

「邪魔なもんは邪魔だ。それにこっちは急いでいるんだ。相手は後でしてやるから早く先に進ませてくれないか」

『悲しいな。神様に言う言葉じゃないでしょそれ』

飛び回っている腕が、わざとらしく落ち込む。

というか、腕だけで感情を表現しているのすごいな。

と感心していると、途端に俺の額にデコピンしてきた。

「痛いじゃないか！　何すんだ！」

『まあまあ、話を聞けってことだよケネスくん』

額を押さえながらおそらくケミストのものであろう腕を見据えると、指がぴんと立った。

『聞いてよ。この迷宮は君をすぐに迎え入れるために壁に触るだけでどこからでもすぐに入れるように作り変えたんだけどさ』

俺のためにか。

歓迎されているのは複雑だ。

『君達じゃない余計な者が入り込んだんだよ。ここから少し先に行ったところで必死に生きながらえようと頑張っていると思うんだけど』

ユウリさんのことだ。

「やっぱお前の相手をするのは後だ。リリー、カレン。すぐ向かうぞ」

言質は取った。

間違いなくこの先にユウリさんがいる。

それにケミストが言っていることが正しいのなら、彼女は危機的状況下にある。

こいつの相手をしている暇なんてない。

『まあ待ちなよ。僕は君に興味があるんだ。もう少し話をしようよ』

「俺に興味があるって言ってくれるのは嬉しいが、その余計な者って奴をお前はどうするつもりだ？」

尋ねると、またも指をぴんと立てる。

『邪魔だから消すよ』

「てめえ、覚悟しとけよ。会った時は思い切りぶっ飛ばしてやるからな」

寄ってくる腕を振り払い、前進していく。

くそ……足の踏み場もないくらい、足元がごちゃごちゃしているせいで進みづらいな。

こいつの性格もそうだが、迷宮の構造にも腹が立つ。

『分かった。それじゃあ勝負しよう』

そう言って、腕が指を弾くと目の前に文字列が現れた。

【YES】　【NO】

「なんの真似だ」

『今、邪魔者を僕特製の魔物が保護した。あいつはなかなか頑張って作ったものでね。よければ相手してやってくれ。僕はそいつが戦っている様子を見てみたい』

言いながら、俺の目の前に腕がやってくる。

『もし倒すことができたら彼女を迷宮外に解放しよう。その代わり、倒せなかったら彼女を消す』

「で、この文言は？」

『その条件に同意するかどうかだよ。どうする、君は自分の実力に自信があるかい？』

なるほどな。

本当、『ケミスト』とやらは悪趣味だ。

面倒くさい真似をしやがる。

俺は頭をかいた後、思い切り【YES】を殴りつけた。

「やるに決まってるだろう、クソ野郎」

『ふははははは！　それでこそだよケネスくん！　僕も嬉しくなっちゃうな！』

嬉々とした声音が迷宮内に響く。

本当にこいつは面倒くさい相手だ。

性格も終わっているし、こいつが神様だなんて人間が知ったらどう思うだろうか。

まあ、そっちの方がこちらとしても罪悪感が消えて殴りやすいから助かるんだが。

「お前と遊ぶのは少し先だ。怯えながら見守ってろ」

『ああそうするさ！　楽しみだなぁ、僕が作った魔物をどう対処するんだろう……考えただけでゾクゾクするね』

「勝手にゾクゾクしとけ。二人とも、奥へ進むぞ」

「了解」

「分かりました」

見守っていたリリー達に声をかけ前へ進むと、ケラケラと笑い声を発しながら腕は消えた。

悪趣味だ。本当に趣味が悪い。

迷宮内を見渡しながら、俺は嘆息する。

「足元気をつけろよ。家具や玩具みたいな物で埋め尽くされているんだ。床だと思っていたら怪我するぞ」

「もちろんです。こんな歪な空間……ユウリさんは大丈夫なのでしょうか」

「大丈夫だって信じるしかない。あいつは保護したって言っていたんだ。信用できるかは知らんが、言い方的に事実である可能性が高い」

『ケミスト』は喋り方から言っている内容まで、信用に値するとは思えない。

が、今の俺達はそれを信じることしかできない。

にしても……どうしてユウリさんは俺達を置いて一人で迷宮に挑んだのだろうか。

死ぬ確率が高いってのは誰だって分かっていることだと思う。

俺達に任せるか、俺達と一緒に挑んだ方が勝機は増えただろうに。

それを踏まえた上で、彼女は一人で挑んだわけだ。

しかし……いくら考えても自分の中で納得がいく答えが出てこない。

ともあれ、今は前に進もう。

んで、直接聞くしかないだろう。

「本当に足元が悪いわね――きゃ⁉」

俺が先頭で進んでいると、唐突に背後からリリーの悲鳴が聞こえてきた。

同時に、迷宮内がミシミシと震えた。

「どうした⁉」

振り返ってみると、リリーが植物の蔓に足を掴まれていた。

その植物の茎の上には毒々しい色をした大きな花が咲いていて、花には巨大な口がぱっくりと開いており、足を掴まれたリリーは宙に浮かんでいた。

どうやら植物はリリーを食べるつもりらしい。

「なんだよこれ……！」

俺は咄嗟に剣を投げる。

投げた剣はダイレクトに蔓に当たり、斬り落とした。

「わわっ！」

リリーは落下し、尻餅をついた。

どうにかキャッチしてやりたいところだったが、距離があったため不可能。

これに関しては申し訳ない。

「カレン！」

「《神域・物理強化》ッッッ‼」

バフが付与されたのを確認した後、俺は床を蹴る。

ギシッと床がひび割れ、体が一気に加速した。

体が宙に浮かび上がり、巨大な植物めがけて腕を引く。

「よくも仲間を喰らおうとしてくれたな！！」

神域の強化が付与された『殴り』を植物にぶっ放す。

衝撃波が迷宮内に響き渡り、ミシミシと家具達が軋む。

そんな一撃を植物が耐えきれるわけもなく、花の部分が思い切り吹き飛ばされた。

頭をなくした植物は、しかしそれでもこちらに攻撃を仕掛けようとしてくる。

「女の子の足を掴んでただで済むと思わないでね！」

体勢を立て直したリリーは拳銃を構え、植物に弾丸を乱打した。

その隙に俺は駆け、壁に突き刺さっている剣を引き抜く。

向こうは植物だ。

ならこっちがすることなんて決まっている。

剣に炎属性の魔力を付与する。

……いや、リリーを痛い目に遭わせたんだ。

もっと飛び切りのやつを。

自分が持つ魔力を炎へと少しずつ変換させる。

遂には剣が炎をまとい、ギラギラと燃え盛った。

「これくらいでいいよなぁ！　リリー！　最後に一発、飛び切りの銃弾を撃ち込め！」

「もちろんよ！　穿て！」

リリーが放った弾が俺の頬スレスレを通り過ぎ、植物に直撃する。

植物の根元近くに大きな穴が空き、明らかに隙が生じた。

その瞬間を俺が討つ。

「クソ熱いから覚悟しとけよ‼」

地面を蹴り、思い切り剣をぶち当てる。

斬るというよりは、炎を伝達させるといった方が近い。

剣が植物に当たると同時に、炎が一気に燃え広がっていく。

轟音と同時に爆発が起こり、植物は真っ赤に燃え上がった。

メラメラと音を立てて燃え、最後に大きな咆哮のような音がして、そのまま消滅した。

さっき言っていた、ケミストが用意した特別製の魔物なのだろう。

植物をこんな感じにいじるとか、正直信じられんな。

まだ魔物をいじってくるエルドラが優しく感じる。

あれは多分、エルドラの性格もあったのだろうが。

あいつ、迷宮の管理から何まで適当な雰囲気があったからな。

「リリー、怪我はしてないか？」

「ごめん。ちょっと足首挫いたかも」

「ああ……マジか。とりあえず座ってくれ」

治療をしたいところだが、生憎と今持ち合わせている物で捻挫をどうにかできそうな物はない。

重傷ではないが、迷宮攻略をする上では致命的な怪我だ。

悩んでいると、カレンが俺の隣に座る。

「大丈夫です。多分、私が治せます」

そう言って、リリーの足首に触れる。

すると、ぱっと手から光が漏れたかと思うと先程まで赤く腫れていた捻挫した部位が正常な状態になっていた。

「す、すごい……本当に治ってるわ」

「神々の力の一種です。自分でも正直、こんな一瞬で治せるとは思わなかったですが」

「さすがだなカレン。頼りになる」

「……えへへ。そう言って貰えると嬉しいです」

なぜか頬を真っ赤に染めるカレン。

そんなに喜ぶこともないだろうに。

おっさんに褒められて嬉しいものなのだろうか。

若者は分からんな。

「リリー、大丈夫そうか？」

「ええ。もうジャンプしてもいいくらい平気よ」

言いながら、その場でぴょんぴょん跳ねて見せる。

正直危なっかしくて仕方がないが、大丈夫ならそれでいい。

俺は一呼吸置いて、正面を見る。

「全く奥が見えないな。明かりはあるはずなのに……どうなってんだこれ」

「不気味な構造してますよね。進むのは少しはばかられます」

「ダンジョンらしいと言えばそれで終いだが、今は一刻を争う」

「気にしてもキリがないわ。前進あるのみね」

「そうだな。オーケー、んじゃあ頑張っていくか」

「ええ！」

「はい！」

不安要素を挙げたらキリがないが、前へ進むしかない。

とはいえ、足場は相変わらず不安定で、前に進むのにも苦労する。

今までの神々の迷宮の中では断トツで雰囲気は最悪だ。

これもケミストの趣味が出ているのだろうが、俺の趣味とは全く相容れない。

そう考えてみると今までの神様より何を考えているか分からない分、警戒した方がいいのかもしれない。

悪い意味でも良い意味でも、相手はしっかりとした意思を持ってこちらを迎え入れている。

音とほぼ同時に俺は剣を引き抜き、反対の手でカレンの腕を引っ張った。

その時、ふっと頭上の空気が動いた気がした。

俺は反射的にすぐ後ろにいるカレンの体を突き飛ばすと、鞘から剣を抜く。

「はああ‼」

――ドゴンッッッ‼

頭上から降ってきた巨大な物体を、気合いを込めて斬り落とした。

真っ二つに切断されたそれを眺めてみる。

「こんな大きいもんを人にぶつけようとしてきたのかよ……」

鉄製の巨大なハンマーだった物が床に転がっている。

おいおい……マジで殺す気だな。

頭をかきながら、今後の攻略に頭を悩ませる。

毎回こんなのが仕掛けられていたら攻略にも苦戦してしまいそうだ。

「ええ……これ鉄よね？」

「そうだな。マジでケミストの野郎、悪趣味だわ」

「いやいや、それもそうだけど鉄を剣で斬ったの？」

「そうだが。何か問題でも？」

「こんな巨大な鉄の塊を普通、剣で斬れると思う？」

「そりゃ斬れるだろ。気合いがあれば」

「……それもそうね。カレン、ケネスが仲間でよかったわね」

リリーが嘆息しながら呟く。

「本当にすみません、ありがとうございます……」

「気にすんな。冒険をしてたらこれくらい誰だってあることだ」

それに何かあったら俺が全力で斬ればいいだけである。

いちいち気にするようなことではない。

「怖いのは魔物だけだ。全方位に注意を払いながら進もう。とはいえ一本道だから前後と上下を見ればいいだけなんだが……」

なんて言っていると、二人がぶんぶんと首を横に全力で振った。

なんだ、注意するのが面倒くさいってか？

今更何を言っているんだ。

ここまで来てもうマジで無理ーなんて言われると、おっさんもさすがにキレるぞ。

「後ろ！　後ろ！」

「後ろ見てください！」

「ええ？　後ろ？」

慌てた様子の二人に疑問符を浮かべながら振り返る。

え？

「おいおいおい……！」

進行方向を向くと、地面から大量の魔物が生み出されていた。

魔物が自然発生するってのは普通じゃありえないこと。

つまり、またケミストの野郎が何かしたってわけだ。

「武器を構えろ！　相手の数は多いぞ！」

魔物は十体以上はいる。

いや、更に増えてきたか……！

「俺一人じゃ限界があるな。カレン、強力なバフを頼む！」

「任せてください！　《神域・斬撃強化》《神域・攻撃強化》《神域・一撃強化》」

よし、バフは無事付与された。

その頃には、相手は何十体も数を増やしている。

俺はステップを踏んで、リリーの後ろまで下がる。

「リリー！　撃ちまくれ！」

「もちろんよ！　穿て‼」

リリーが合図と共に弾丸を撃ちまくる。

閃光がチカチカと辺りを照らす。

硝煙の香りが鼻孔をくすぐる。

銃撃の轟音が続き、しばらくするとほとんどの魔物を一掃していた。

「これ以上弾丸使うとヤバいかも！」

「いや、十分すぎる！　後は俺に任せてくれ！」

リリーの肩を叩き、前面に出る。

魔物の種類は様々だが、どれも雑魚なのは間違いない。

俺の剣術なら――無問題だ。

「お前らはおねんねしてろ！」

攻撃系のバフが付与されていることもあり、一発当てるだけで何体もの魔物が倒れていく。

こりゃ爽快だな。

さすがはカレンのバフ魔法だ。

俺は剣を止めることなく、斬撃を繰り返す。

魔物は足掻くこともできずに次々と倒れていき、最後の一体となった。

「よーし、これで最後だ」

すうと、息を吸い込み、そして最後の一体に向かって一閃。

魔物はその場に倒れ、消滅した。

魔物が跡形もなく消滅するなんてことは滅多にないので、やはりケミストが生み出した物と考えて良さそうだ。

「お前ら怪我してないか？」

「大丈夫です！」

「大丈夫よ！」

確認を取り、息を吐こうとした瞬間のことだ。

――ガシャァァァアン！

轟音が、前方から聞こえてきた。

「クソ……またか⁉」

前を見ると、奥の方から影が近付いてくる。

次第に、輪郭がはっきりとしてきた。

「ユウリさん‼」

「って……なによこれ……」

目の前には、ユウリさんを片手で抱えた巨大なゴーレムの姿があった。

岩が重なり合い、屈強な肉体を作っている。

「こりゃヤベえな……こんな巨大なゴーレム初めて見たわ」

俺の数倍もある巨大な体軀は見ていて恐怖すら覚える。

しかし、恐怖を覚えるのはゴーレムの姿だけではなかった。

細かった迷宮の通路が、ゴーレムの大きさに合わせて変化していく。

壁が波打ち、大きく広がる。

ゴーレムに適応していく。

ユウリさんの姿を確認すると意識がないようだが、怪我はしていないように見える。

一発で気絶させられた……と見るのが自然だろう。

ケミストの言い分を信じるならば、死んではいないはずだ。

今すぐに助けないとな……。

『もう我慢できなくてさ、こっちからゴーレムを向かわせちゃったよ。見てよこれ、僕が作り上げた芸術品を』

どこからともなく腕が現れたかと思うと、俺の周りを飛び回り始めた。

指を振りながら、楽しげに語る。

「お前……ふざけるのも大概にしろよ」

『ふざけるってなんだい？　僕はただ、楽しんでいるだけだよ』

こいつ……話にならないな。

多分、まともに話をしようとしたら時間が無意味に過ぎてしまうだろう。

相手するだけ無駄か。

「で、俺達はこいつを倒せばいいんだな」

『そうだよ。戦って勝てば、ひとまずこの勝負はケネスくんの勝ちだ』

「お前のゴーレムがユウリさんを離さないのはどういうこった。もしかしてこの状態で戦えってのか？」

『僕も一応、君の強さを理解しているからね。こちらにもハンデが欲しいかなって』

「それでユウリさんを人質にしていると」

体の奥底から大きくため息を漏らした。

本当、つくづく。

「最低だな。お前は」

『それくらいいいじゃん。ねえ？　だって君、強いんでしょ？』

「いい煽りだ。それだけは褒めてやる」

戦場において、相手を煽るのも一種の戦術だ。

それに乗ってしまえば、煽った側は大きく有利になる。

この神様はそこまで考えているのか知らないが、いい選択だ。

だけどな。

「分かった。んじゃ、俺は少しだけ本気出す」

空気を吸い込み、唇を噛む。

集中し、目を見開いた。

剣を引き抜き、そして駆ける。

――ガシャァァァン‼

轟音と土煙が上がる。

ゴーレムは悲鳴を上げることもなく、ただ茫然と失った右腕を眺めていた。

『ほほう。君、やっぱり面白いね』

俺は落ちてきたユウリさんをキャッチすると抱きかかえ、ゴーレムから距離を取る。

相手が卑怯な真似をするなら、俺は強行突破するのみだ。

向こうが離さないなら、こちらが無理やり離させるのみ。

「ケネス……⁉　今、何やったの⁉」

「速すぎて見えなかったというか……ええ⁉」

動揺している二人。

しかしながら、今は説明をしている暇なんてない。

「ユウリさんを頼む。気絶しているっぽいから、気をつけてやってくれ」

「え、ええ」

「分かりました」

ユウリさんを二人に預け、俺はゴーレムを見上げる。

先程斬り落とした右腕は、音を立てながら再生していた。

まあ、これくらいじゃあ致命傷にはならないよな。

『ハンデくらい許してくれていいじゃん。それとも、その女が君にとってそれほど大切な人だったわけ？』

俺は剣を構え直し、ケミストを睨めつける。

「俺は死ぬのがものすごく怖い。自分が死ぬのも、誰かが死ぬのも。だから俺はその恐怖を回避するために、死にそうな誰かを助けただけだ」

それに、彼女にはやるべきことがある。

こんな場所で死ぬような器じゃない。

ユウリさんは守るべき人達をたくさん抱えている。

帰りを待っている人達がいるんだ。

この街に来て、すぐに見かけた母娘や、革命軍本部で見た、命をかけて革命を起こそうとしていた奴らの顔が浮かぶ。

俺は彼らが待っている人を守っただけである。

『やっぱり面白い。面白いよケネスくん。君は人間味があっていい。人間らしくて、君をたまらなく気に入ったよ』

「そんな褒め言葉はいらないさ。さあ、これでハンデはなし、お前の渾身の作だっていう魔物と一対一だ。実験にしてはちょうどいい条件になったんじゃないか？」

『あはは！　そうだね。僕も少し弱気になっていたよ。これじゃあ神様失格だ』

ケミストはゴーレムに近付き、肩をぽんぽんと叩く。

そして、ゴーレムの脳天めがけて腕を突っ込んだ。

グチュッと嫌な音を立てて、ケミストの腕がゴーレムの脳にめり込んでいく。

瞬間、眩くゴーレムの全身が光る。

『君みたいな強い人間を相手するには、少しこいつは弱すぎる』

ゴーレムの体が分解されていく。

このまま消え去るようにも見えるが、違う。

音を立てながら、ゴーレムの体が再度作り替えられていく。

体躯は更に大きくなっていき、手にはどんなものでも切り裂けそうな大剣を持っている。

ケミストが腕を引き抜く頃には、先程までいたゴーレムとは全くの別物になっていた。

さっきの姿が可愛く見えるくらい強大なゴーレムへと姿を変えていたのだ。

『これくらいでいいかな。目には目を、剣には剣を。同じ条件じゃないと、実験は上手くいかないものだ』

ケミストはゴーレムから離れ、天井にて俺達を見下ろす。

「ちっとも同じ条件じゃないじゃないか！　なんだこの大きさは！」

『実力は互角だと思うよ。それじゃあ二人とも。僕をじっくり楽しませてくれ。ああそうそう、リリーさんとカレンさんは手を出さないでね。大切に、ユウリとやらを見守ってあげてくれてい い。これはケネスくんと僕のゴーレムの実験なんだ』

そう言うと、二人は心配そうに声を上げる。

「……ケネス。大丈夫なの⁉」

「私達も何か⁉」

「大丈夫だ。気にすんな」

俺はグッドサインを送る。

「ユウリさんを守ってやってくれ」

前を向き、ゴーレムと相対する。

『それじゃあ、始めてくれて構わないよ』

「当たり前だ。来いよ岩野郎」

俺が目で合図を送ると、ゴーレムが大きな体を動かし始める。

あんな巨体が動くなんて、まるで魔法みたいだ。

まあ、魔法なんて飽きるほど見てきたが。

『やっちゃえ。ゴーレムくん』

ケミストの声と同時に、ゴーレムが地面を揺らしながらこちらに駆けてくる。

剣を構え、精神を研ぎ澄ませる。

相手は一撃で決めに来るはずだ。

巨大な体躯に合わせて生成された大剣を振りかざし、俺を消し炭にしようとしてくるだろう。

ならば、俺はその一撃に全力で耐えてみせようじゃないか。

ゴーレムが距離を詰めてきて、もう目の前にまでやってきた。

そして、大きく剣を振りかぶる。

風を切り裂く音を立てながら、剣先が俺へと向かってきた。

「ケネス‼」

「あ、ああ……！　今すぐにバフを――」

轟音が響き、火花が飛び散る。

衝撃波が周辺にまで響きわたり、壁がミシミシと音を立てて歪んだ。

『ほほう……』

俺は相手が放ってきた一撃を、ギリギリのところで剣で防いだ。

あまりにも一撃が重すぎて、肩が外れるかと思った。

けれど、これくらいの攻撃じゃあ俺は倒れない。

おっさんは経験が豊富なんだ。

「甘いな……岩野郎が」

ゴーレムの剣がミシミシと音を立てて、俺の剣を押してくる。

俺は歯を食いしばりながら、なんとか持ちこたえ、左手で剣に風属性の魔力を注ぎ込む。

「風の魔力は怖くないか？」

俺の剣を伝い、魔力が相手の大剣へと移っていく。

魔力が到達したのか、ゴーレムの腕がガクガクと震え出したと思ったら、やがて全身が波打ち始める。

耐えきれなかったのだろう。

大剣から手を離して、勢いよく後ずさり俺から距離を取った。

「神様は学んでいないのか？　土属性が単体だと、風の属性の魔力には弱いって。しかもその個体が大きければ大きいほど、そのダメージも大きくなる」

ゴーレムは土属性だから、風の魔力には極めて弱い。

つまり、さっきの一撃はゴーレムにとってはかなり痛かったことになる。

『……煽るねぇ』

「そりゃ、お互い様だろ」

しかし、これくらいではゴーレムも負けないのだろう。

一旦手から離れた剣が浮かび上がり、すぐに手元に戻っていった。

ケミストの腕がゴーレムに近付いて行き、また何か仕込み始めた。

『なら……これならどうだい。色々と付与してみた。少しやりすぎかもしれないけどね』

ゴーレムの剣が輝きを帯び、魔力が一気に増幅したのが分かった。

「卑怯だな。今はタイマン中だぞ」

『実験中でもあるからね。色々と試しておかないと、だからさ』

全く、都合のいい奴だ。

この神様は卑怯にもほどがある。

これで神を名乗るなら、そこらの人間は地に突っ伏して泣き叫ぶだろう。

俺だってこんなのを信じていたって事実が分かれば、これまでの自分が馬鹿らしくて笑えねえ。

ま、俺は神様なんて端《はな》から信じてなかったが。

『もう一発だ、ゴーレムくん。やりたまえ』

「もう一発か。一度負けたようなものなのに、もう一発チャレンジするのか」

分かった。

受けて立とうじゃないか。

「岩野郎。お前がこのタイマンに勝てる確率はゼロだ」

どれだけ強力になろうとも。

どれだけ姑息な真似をしてこようとも。

もう、俺に勝つことなんてできない。
相手が動き始める。
先程とは違い、更に力を付けたからか体全体から自信のようなものを感じる。
ゴーレムにも思考能力があるのか。
はたまた神様が生み出した物だから心が宿っているのか。
んなもん俺には関係ないが。
神様が生み出そうが、所詮相手は魔物であり。
そして者ではなく物だ。
俺はただ――全力で斬るだけである。
光り輝く大剣が、今度こそ俺を倒そうと迫ってくる。
しかし無駄だ。
もう全て見切っている。
俺はただ、剣を構えるだけだ。
大剣が俺の剣を直撃し、衝撃が体全体に走る。
光り輝く大剣からは、強大な魔力を感じる。
完全に俺を倒そうとしているのだろう。
「これくらいでっ、俺を倒せるわけがないだろう‼」
剣を押し返すと、相手の大剣にヒビが入る。
そして、音を立てながら破壊されていく。

俺は一歩後退し、そしてゴーレムの右側に回り込むようにして駆ける。
壁を蹴り跳躍すると、ゴーレムの体に剣を突き立てた。
硬い音がして奴の体にヒビが入る。
そのまま剣が体の中に入り込み、胴体を破壊していく。
やがて俺の剣は地面にまで到達し、顔を上げるとゴーレムはただの岩になっていた。
『……渾身の作品だったんだけどなぁ』
ただの岩となったゴーレムの前でケミストがぼやく。
「今回の実験とやらは俺の勝ちらしい」
ふうと息を吐いて、俺は剣を鞘に納める。
リリー達の方に駆け寄ると、ユウリさんは目を覚ましているようだった。
リリーに抱きかかえられ呆然と俺のことを眺めている。
「ケネス……そうか。君が来てしまったかのか……」
ユウリさんはなぜか、唇を噛み締めながらこちらを見ていた。
拳をぎゅっと握りしめ、どこか悔しげに。
やはり……何かあったか。
「私は、負けたのだな」
そう言ってゆっくりと自力で立ち上がった。
俺はひとまず彼女の体が無事かどうか確かめる。
一応立ててはいるな。

それに意識はしっかりしている。

多分問題ないだろう。

「……君は、こんな私の体の心配をするのか」

「当たり前じゃないですか。一体何があったんです、どうして黙って神々の迷宮なんかに――」

尋ねようとした瞬間、ケミストが間に入ってきた。

そしてパチパチと手を叩き始める。

『感動的再会だ。さあ、じっくり話したまえ。僕は邪魔なんてしないよ』

「もう十分邪魔してるっつうの。気を使ってくれるなら少し離れてろ」

『はははははは。仕方ないなぁ』

ケミストが距離を取るのを確認した後、再度俺は尋ねる。

「ユウリさん。どうして黙って神々の迷宮なんかに挑んだんですか」

「私は……不味いと思ったのだ。私じゃない誰かに、神々の迷宮を攻略されるのが」

ユウリさんは揺れる瞳をこちらに向けて、語り始める。

私じゃない誰かに攻略されるのが不味い……ってどういうことだろう。

「最近では敗戦が濃厚になってきていた。革命軍の士気も下がっているところへ、君が来てくれたのは本当に嬉しかった。きっと、革命軍の大きな力になると思ったさ。でも……私は弱い。代表だと言うのに、外から来た誰かの力を借りて……そんなの示しがつかないと思った」

握りしめている拳が震える。

「前々から考えていたんだ。加護を手に入れれば皆を救えるんじゃないかって。しかし……君が攻略してしまうと私は……！」

　大体彼女の考えていることは分かった。

　これでも俺はある程度場数を踏んできたつもりだ。

　彼女がどうしてそんな行動をしたのか、どうしてそういう結論に至ったのか。

　共感はもちろんできる。

　だが。

「でも、代表であるお前が死んだら残っている人達はどうするつもりだったんだ」

「……それは」

　確かに彼女の言っていることは理解できる。

　代表として示しがつかないというのも分かる。

　でも、その代表がいなくなってしまったら残された人はどうなる。

「残された人を、部外者である俺がまとめるのか？」

「違う……そんなの駄目だ」

　その通りだ。

　部外者である俺が残された人々をまとめるのは違う、そんなことはみんな望んでいないはずだ。

　大体、俺は暇人ではあるが、善人ではない。

　そこまでする義務なんてもちろんないわけで……まあそんなこと言うとリリー達に怒られちまうかもだが。

　ともあれだ。

「無茶はするな。代表が死んでどうする」

「……すまない。少し考えが幼稚だった」

「別に幼稚なんかじゃないさ。ユウリさんの考えは理解できる。って、革命軍の代表にタメ口きいちゃってるけど、今更謝っても間に合います？」

「ふふ。いいさ別に、それくらい許そう」

ユウリさんは少し涙を滲ませながら、俺の方に手を差し出してくる。

「神々の迷宮の攻略、頼まれてくれるか？」

俺は深く頷き、差し出された手を握り返した。

「当たり前だ。これは俺達の仕事だからな」

さて、ユウリさんの案件は無事解決だ。

「ケミスト。ユウリさんを迷宮の外に……いや、可能なら街まで戻してやってくれないか」

俺がどこかにいるであろう腕に叫ぶと、どこからともなく現れた。

そして、指をぴんと立てて。

『注文が多いなぁ。ま、実験に付き合ってくれたお礼はしないとね』

言って、指を弾くとユウリさんの足元に転移魔法陣が展開される。

「それじゃ、街を引き続き守ってやってくれ」

「もちろんだ。頼んだぞ」

光と共に、彼女は迷宮外へと転移した。

さすが神様、ケミストもお願いはある程度聞いてくれるのな。

「よーし。んじゃ、ユウリさんの分まで責任を持って迷宮を攻略しないとな」

「そうね！　任された以上、責任は全うしなきゃ！」

「ですです！」

俺はぐっと伸びをして、宙に浮いているケミストを指差す。

「こっちはお前といつでも勝負する準備はできてるぞ！　それとももう少し時間稼ぎしておくか？」

『煽るなぁ。確かに、もう少し時間稼ぎしてもいいかもしれないけど……隣にいるカレンくんのバフが厄介だからね』

ケミストは長考した後、俺の目の前までやってきた。

『じゃあ、そろそろ僕と本気の勝負しちゃおうか』

瞬間、俺の体が宙に浮いた。

視界が眩く輝き、次に目を開いた時には場所が変わっていた。

『ようこそ。僕の世界へ』

家具や玩具が壁や地面に敷き詰められた不可思議な空間に立つ少年は、ニヤリと笑う。

家具と玩具の山の上に立つ少年は、こちらを嬉々とした表情で見下ろしていた。

少年の瞳には魔法陣が浮かんでいる。

こいつが……ケミストか。

ケミストは片手を上げ、ニヤリと笑って見せた。

『やぁ。体全体を見せるのは初めてだね。ケネスくん』

白いローブをまとっているケネスは、さながら科学者のようだ。

実験、実験と言っていたのにも、少し納得がいった。

現時点で分かっている彼の能力は『錬成』だ。

ケミストの名の通り、ある物質から全く別の物を生み出すことができるのだろう。

「初めましてだな。やっと面を見せやがったか」

『楽しみにしていたかな?』

「ああ。お前をぶっ飛ばすのを楽しみにしていたさ」

『おやおや。できれば忘れていただきたかった発言なんだけど。覚えていたんだ』

「当たり前だろ。お前は少なくとも、ぶっ飛ばされても文句は言えねえことをしているんだ」

まあ、どの神様もそうなんだけど。

ともあれユウリさんにしたような非人道的な行為は、決して許されるものではない。

『それじゃあ勝負と行くかい? ケネスくん、そしてその他の女性陣達』

「その他って何よ!!」

「黙っていたからってその他って言い方酷いです!」

ブチ切れるリリー達を背に、俺はケミストに拳を向ける。

「やったろうじゃないか。顔面潰れないように歯、食いしばっとけよ!」

『どう戦うのか、楽しみだよ。ケネスくん』

剣に手を持っていき、鞘から引き抜く。

二人は拳銃を、杖を手に握った。

「《神域・攻撃強化》《神域・防御強化》《神域・会心強化》ッ！」

「集中……いつでも合図をしてちょうだい」

カレンからのバフを確認した後、俺は家具と玩具の山の上にいるケミストを見据える。

こちらが戦闘態勢に入ったってのに、あいつは武器を持っていない。

武器なしで戦うなんて、こっちを舐めているのか？

しかし考えるだけ無駄だ。

相手は神様。

何をやってきてもおかしくはない。

「リリー。放て」

「了解！」

リリーに合図を送ると同時に、俺は地面を蹴る。

自分自身に簡易的なバフ――《跳躍強化》を付与。

一気に山の頂上へと浮上する。

頬のギリギリを弾丸が通り過ぎる。弾丸が掠める。

俺は剣を思い切りケミストに叩きつけた……はずだった。

『《錬成》』

「なっ……!?」

瞬間、目の前にゴーレムが現れた。

弾丸と剣はゴーレムによって弾かれる。

俺はバク転をして、一度距離を取ることにした。

何回かバク転をして家具と玩具の山から降り、途中で止まる。

防御用として錬成したであろうゴーレムは瓦解し、消失した。

『まあ……あのゴーレムは役立たずだと思ったけど防御用としては使えるね』

たっく、面倒な能力を持ってやがる。

あんなに簡単に巨大なゴーレムを錬成できるなんて、あまりにも都合が良すぎないか。

『それじゃあ、今度は僕の番だね』

ケミストが手を上げると、魔法陣が次々と空中に浮かび上がる。

魔法陣が回転を始めたかと思うと、こちらに向かって剣や槍が飛んできた。

「結界魔法‼」

カレンに向かって叫ぶと、目の前に結界が展開される。

これである程度は防ぐことができるだろう。

「クソ……これじゃあ攻撃できないな……！」

剣と槍の雨は止まることを知らない。

永遠に続くんじゃないかと思ってしまうほど、勢いを弱めることなく降り注ぐ。

「カレン！　結界魔法はどれくらいもちそうだ？」

「まだ大丈夫です……でも、このままだと状況は最悪です！」

「そうか……分かった」

剣を構え、再度ケミストを見据える。

「カレン。俺単体に結界魔法を張ることはできるか。簡単なものでいいんだ」

「もちろんできますが……一体何をするつもりなんですか？」

こんな状況なんだ。

こちらから動かなければ戦況が変わることなんてないだろう。

ならば勇気を振り絞って前進するしかない。

若い二人には無茶をさせたくないし、ここはおっさんである俺が行くべきだ。

「少し突撃してくる。運ゲーだけどな」

「運ゲー……って。そんなの危険すぎます！」

「そうよ！　あまりにも……！」

「この状況を打開するには、運に身を任せることも大切だと思うぜ。少なくとも、俺は運ゲーに何度も勝ってきた経験がある。だから信じてくれ」

何度も運ゲーに勝ってきた経験がある。

それには少し嘘が含まれている。

正直、こんなチャレンジをするのは性格上好きじゃない。

けれどもだ。

ケミストは俺が会ってきた奴の中でも、かなり気に入らない部類に入ってくる。

一発ぶっ飛ばさないと腹が立って仕方がない。

「分かりました。それでは結界魔法を」

「ありがとう。んじゃ、行ってくる」

体の周りに結界魔法がしっかりと張られたのを確認し、俺は歯を食いしばる。

よし、やってやる。

カレンが展開している結界魔法から飛び出し、俺は山へと登っていく。

降り注ぐ剣と槍を結界魔法で弾きながら俺は前進して行き、そしてケミストを目の前に捉えた。

「捉えた‼　カレン、今だ！」

合図と共に、カレンが俺の周囲の結界魔法を解いた。

俺は剣を振り上げケミストに突き立てようとする。

しかしだ。

『第二の僕の能力』

瞬間、体が宙に浮かび上がる。

「なっ……⁉」

『《重力掌握》』

ケミストが手を上げると同時に、俺は壁へと吹き飛ばされた。

辺りに散らばっていて玩具や家具が、俺の方に向かって飛んでくる。

「ケネス‼」

「重力が……おかしくなってます……！」

リリーとカレンも重力に引っ張られ、壁に押し付けられている。

クソ……忘れていた。

そうだった。

こいつは……重力を操ることができる。

だから迷宮周辺の重力がおかしくなっていたんだ。

『どうだい。苦しいだろう？』

体が凄い力で引き付けられ、壁がミシミシと音を立てる。

体中が悲鳴を上げているみたいだ。

「やべえな……最高に痛え」

これが重力を操る魔法。

あまりにも強すぎる。

少し舐めていた。

舐めすぎていた。

全く、駄目だな、俺は……。

「カレン……お前って、補助魔法ならある程度の注文には応えられるよな？」

呼吸をするのも苦しいが、俺はなんとか声を振り絞る。

「は、はい……！　ですが、こんな状況を打開する補助魔法なんて……！」

「あるさ。相手は重力を使ってくるんだぜ。それを利用しない手はないだろう」

俺はニヤリと笑い、拳を握りしめる。

「《反転》魔法を使ってみてくれ」

「《反転》……あ！　分かりました！」

『何をしようとしてるんだい？　無駄だと言うのに』

ケミストは飄々とした様子で聞いてくる。奴の周りだけ、重力は正常なようだ。ますます気に入らねえ。

「無駄じゃねえさ。お前を一発ぶん殴る方法を思いついただけだ」

こんな状況下で相手をぶん殴るなんて無謀にもほどがある。

なんせ相手は重力を自在に操ってくるんだ。

そこらの人間、というか大抵の人間は抵抗することもできずに終わるだろう。

相手は神様。

まあ当然と言える。

だが、俺達になってくると少し話は変わってくる。

なんせ、うちのカレンは補助魔法なら神レベルで扱うことができるんだ。

カレンの力があれば人間VS神様から神様レベルVS神様まで戦力を引き上げることができる。

俺は剣から手を離して拳を握りしめる。

「《反転》ッッ!!」

カレンの声が響いた瞬間、この空間の重力が反転した。

俺へと働いていた重力が、逆転したのだ。

俺の体は再度宙に浮かび上がり、そしてケミストへ向かって加速する。

『……どういうことだ!?』

ケミストは動揺しているらしい。

まあこれに関して言えば、ケミストの慢心と言えよう。

こっちにも神様の能力が付与されているのを考えていなかったからだ。

「重力の重みで殴られる経験はしたことあるか⁉　ケミストさんよぉ‼」

俺は加速に身を任せ、拳を思い切り引く。

そして――ケミストの顔面に向かって拳を放った。

奴の顔面が歪み、吹き飛ばされる。

爆音と一緒に粉塵が上がり、重力の魔法が解除された。

突然、重力が普通に戻ったので、宙を飛んでいた俺は危うく地面に叩きつけられそうになったが、間一髪、受け身をとって地面に降り立つ。

「ふぅ～スッキリした」

「リリー、カレン、大丈夫か？」

「だ、大丈夫よ」

「大丈夫です！」

さすが俺の仲間、しっかり受け身をとったらしい。

二人の無事を確認した俺は拳を振り払いながら、ケミストの下へと歩いていく。

瓦礫と化した家具や玩具の中を進んでいくと、壁にもたれかかっているケミストの姿が見えた。

「まさか負けるなんて思っていなかっただろ？」

『……ああ。僕は偉い人の言うことなんて興味ないからさ、本気で殺そうとしていたんだけど……まさか負けるなんてね』

「偉い人？　なんの話だ？」

『ケネスくんには関係ない、こっちの話だよ』

ケミストは苦笑しながら、よろよろと立ち上がる。

体は透けており、長時間は現実世界に存在することはできないだろう。

『負けてしまったなら仕方がない。文句は言えないから、偉い人の決めた通りにするけれど』

言いながら、ケミストが指を弾くと球体が現れた。

そろそろこの光景も見慣れてきた。

さて、今度はカレンとリリーどっちに……。

『今回は君だよ。ケネスくん』

「え？　俺？」

まさか俺の名前を呼ばれるなんて思いもしなかった。

想定外だったので動揺してしまう。

「おいおい。俺は加護を必要としていないって天界では共通認識じゃなかったのか？」

『いーや、今回は君にあげるよ。拒否権はない』

「ええ……マジかよ」

俺、本当に興味ないんだけどな。

まあ……貰ってみてもいいのか？

「あたしは構わないわよ」

「貰ってみてもいいんじゃないですかね？」

いつの間にか瓦礫の中から現れたカレンとリリーが同意する。

「お前ら……いらないのか？」

尋ねると、

「欲しいけど、あたし達ばっかりだとね。みんな平等じゃないと」

「ですです」

俺は別に気にしていないんだけどな。

うーん、何事も経験だ、せっかくだし一度くらい貰っておくか。

「それじゃあ面白い能力頼む。暇つぶしできそうな奴」

『ふむ。なら僕が使っていた重力魔法はどうかな？　なかなか面白い能力だと思うけど』

「いいなそれ。俺も使ってみたい」

『決まりだね』

そう言うと、球体が俺の体の中に入ってくる。

おおう。こんな感じなのか。

なんだか胸が熱くなるような感覚を覚える。

「これが加護か。へえ、面白いじゃん」

俺は試しにケミストに向かって重力魔法を発動してみる。

『なっ……！』

ケミストは抗うこともできずに地面に突っ伏し、プルプルと震えていた。

すげえ、これが重力魔法か。

「反省しろよ。神様だからって好き放題していいってわけじゃないんだからな」

『……この一瞬で僕の能力をものにするなんてね。反省はしてるさ。僕は全てが終わるまで、何もしないよ』

「あ？　なんだ、その含みのある言い方」

『なんでもないよ。いずれ分かることさ。それじゃあ、僕は帰るとするよ』

言って、ケミストの体が消えていく。

『じゃあねケネスくん。また来世で』

「なんだその言い方！　ちょい待て！」

俺が手を伸ばそうとした瞬間、視界がパッと光った。

目を瞑り、開けた時には別の場所へ移動していた。

目の前には大きな球体、どうやら迷宮の外へ出たようだ。

「ああ……なんだったんだ、一体――ってうお⁉」

困惑していると、目の前にあった球体が突然瓦解しはじめた。

「キャー！」

「危ないです‼」

俺達三人は、咄嗟に走って安全な場所まで逃げる。

下手すれば巻き込まれる可能性もあったな。

「最後までやってくれるな、ケミストの野郎……」

俺は完全に崩壊した迷宮だったものを見ながら嘆息する。

「ひとまず攻略できてよかったわね！　これでユウリさん達も安心できるわよ！」

「そうだな。魔物の気配もなくなったし、革命軍は本格的に動けるわけだ」

「そうですね。後は、私達も一緒にアルト伯爵をぶっ飛ばすだけです！」

アルト伯爵か。

全く、面倒だな。

時に、人間は魔物より厄介だ。

面倒な人間とやり合うなんて、俺はあまり好きじゃないんだけど。

しかし虐げられている人々を見ていると、そういうわけにはいかない。

もともとは、リリー達と革命を起こすって約束だったしな。

俺も全力を尽くして革命軍のアシストをしよう。

「それじゃあ戻ってユウリさんに報告するか」

「だね！　よーし、頑張っちゃうぞ！」

「頑張りましょう！」

腕を上げながら、またもや二人が俺に抱きついてくる。

って……こいつら何回言っても分かってくれないな。

もう慣れたけど。

「離れろ、離れろ……」

俺はそう喚きながら、彼女達を引き剝がす作業を始めた。

第七章　革命とエドの終焉

「全く……おっさんに引っ付くの、そんな楽しいか？」

二人を引き剥がす作戦は失敗した……。

俺は街へ向かって歩きながら、未だ騒がしくまとわりついてくるリリー達に尋ねる。

こんなおっさんに引っ付いても面白いことなんてないと思うけどな。

はっ……！

もしかしてお金が目的か⁉

お金が目的っていうなら納得がいく。

なんせ自分で言うのもなんだが、俺はめちゃくちゃ貯金をしている。

それを狙っている……と考えたら、うん。理解できる。

「それは……なんでだろう？」

「楽しいからですかね？」

「あ、ああ……」

いやいや、何考えてんだ。

そもそも彼女達に俺の貯金事情なんて話したことはないし、万が一話していたとしても彼女達はそんなものを狙ったりしないはずだ。

女の子は怖いって言うけど、彼女達は例外。

いや、そういう考えだから駄目なのか？

おっさんが単純に女性に抱く淡い希望だったりする？

……しかし、これくらいの淡い希望は許されるだろう。

「そろそろ街だ。いい加減、恥ずかしいから離れてくれよ」

「はーい」

「残念ですが、仕方ありませんね」

こいつら、街に着かなかったらずっと引っ付いていたつもりだったのかよ。

頭をかきながら街の門をくぐろうとすると、ふと誰かの視線を感じた。気配の方に視線を向けると……。

「待っていた」

「ユウリさん」

いつも通りのキリッとした瞳をこちらに向けて佇むユウリさんの姿があった。

うん。彼女はやっぱりこうでなくちゃ。

「魔物の気配が突如として、ほとんどなくなった。辺りを確認しても、脅威となるような魔物の存在はなかった。これはつまり……そういうことなんだな」

「ああ。神々の迷宮『ケミスト』は攻略した。もう魔物の脅威はなくなったと言えるさ」

言うと、ユウリさんはぐっと拳を握りしめて少し顔を伏せた。

やはり気にしているのだろうか……と不安になったのだが。

「ありがとう……！　君達のおかげで街の脅威が一つなくなった！」

そう言って、握手を求めてきた。

俺は咄嗟に握手を返す。

気のせいだろうか、彼女の頬が赤くなっている。美人にそんな顔をされたらドキドキする。

おっさんとはいえ、若い女性には耐性がない。

待て、待て。

それじゃあ悲しいおっさんみたいになってるじゃないか。

気持ちを切り替えよう。

「これが俺の役目だからな。神々の迷宮を攻略するのは俺達の目的でもあるし」

「そうか……よし。それじゃあ本部に戻ろう。皆君達のことを待っている」

「分かった。んじゃ、リリー、カレン。本部に向かうとするか」

「…………」

「…………」

リリー達を振り返ると、二人がジト目で見ていた。

「な、なんだよ？」

「別にぃ！」

「なんでもないです、さっさと本部へ向かいましょう」

二人の視線が冷たいのは気のせいか？　俺、なんかした？

スタスタと歩き出す二人を追うように本部へと向かう。

建物は相変わらずボロボロのままだが、魔物の脅威がなくなった街は少しだけ平和に見えた。

ちらほらとだが、子供達が外に出ている様子も窺える。

まあ……やはり危険があるから少数だけれど。

まだまだやるべきことはあるな。

最終目標は、革命を起こしてアルト伯爵の圧政から市民を解放すること。

ああ……荷が重い。

でも、やるって決めたからにはやる。

俺はこの街を変えてみせる。

本部の建物に入ると、革命軍のメンバー一同が俺達の方を見た。

「英雄の帰還だぁぁぁぁぁぁぁぁぁぁ！！！！」

「英雄様ぁぁぁぁぁぁ‼」

「代表を救ってくれてありがとう！！！！！」

「お前ら宴の準備をしろ！！」

一斉に声を上げて、バタバタと走り回る。

俺の方に走ってきた男がガシッと肩を摑んできた。

「おおう⁉」

突然だったので変な声が出てしまう。

なんだなんだと驚いていると、歯を見せて笑い、

「さぁさぁ座ってくれ！」

と背中を押してきた。

「おわ⁉」

「わわ⁉」

それはリリー達も同じようで、背中を押されながら着席を促される。

苦笑しながら席に着くと、ユウリさんがやってきた。

「すまない。皆、君達の帰還を本当に待っていたんだ」

後でゆっくり話そう、と言い残してユウリさんは奥へと行ってしまった。

あの！　俺達を置いていかないで！

助けを求めようとするが屈強な男達に遮られてしまった。

唯一の希望であったユウリさんもいなくなり、俺は観念することにした。

まあ悪くないけどな。

こうやって歓迎された経験なんて、ほとんどない。

少し恥ずかしいけれど、嬉しくもある。

「酒は飲めるか⁉　飲めるよな⁉」

「あ、それじゃあ貰います」

「肉もいるよな⁉」

「はあ……」

「もう全部盛りでいいよな！」

「ええ、マジですか。ありがとうございます」

なんか知らないが、全部盛りになった。

どんな料理が出てくるのだろうかと待っていると、一人の女性と男達が料理を持って俺達のテーブルまでやってきた。

「おまたせしましたー！　いっぱい食べてくださいね！」

あれ、ここにも女性の方がいたんだな。

なんて不思議に思っていると、女性がニコリと笑う。

「私ここにあったギルドの元受付嬢ですよ。今は革命軍のお手伝いをしていますー」

「あ、そうなんですね。すみません、ジロジロ見ちゃいまして」

なんてことを言うと、元受付嬢さんは自分の唇に指を当てた。

「もしかして恋、しちゃいました？」

「え……？」

「そうですねぇ。まずは年収五億くらいから考えますかね」

「王族でも厳しい金額ですけど……そこら辺分かってます？」

「目指せ国王様超え～」

なんだか楽しそうな人だな。

とりあえず酒でも飲もう。

用意された酒を口に運び、ゴクゴクと飲み干す。

ああ……やべえ。

これは堪らない。

キンキンに冷えているから喉越しがいいし、質のいい酒らしく体の奥底から元気が溢れ出してくる。

何よりの褒美だな。

今は昼を過ぎた頃だろうか。

こんな昼間から飲む酒が美味しくないわけがない。

背徳感が最高のスパイスになってやがる。

こんがりといい色に焼けた肉にかぶりつく。

そして注ぎ足された酒をゴクリ。

そうやって繰り返すように飲んで食べて……。

……やべえ。これはやべえ。

「頑張ってよかったー！」

思わずそんな声が漏れた。

こんな美味しい物が食べられたら頑張ってよかったと思える。

「これ、めちゃくちゃ美味しいわね！」

「パクパクです！　パクパク……パクパク……！」

向かいに座っている二人は、まだお酒が飲めないので美味しそうに食事を楽しんでいた。

やっぱり若い子達が美味しそうに食べている姿は気持ちがいい。

見ているだけで、酒も美味しくなるというものだ。

「おまたせした。楽しんでいるかい」

「あ、ユウリさん」

隣の席にユウリさんが座る。

「すまないな。少し事務作業が残っていて、その処理をしていたんだ」

「気にしてませんよ。お先にやってます」

「遠慮せず、どんどん飲んで食べてくれ」

ニコリと笑って見せてから、ユウリさんはお酒を頼んでいた。

「お酒飲めるんだな。まだ未成年だと思っていたんだけど」

俺はてっきりユウリさんは十代だと思っていた。

「そんなに若く見えるか？　それ、褒めてくれているんだよな？」

ユウリさんが怪訝そうな顔をしている。俺、何かまずいことを言ったか？

「褒めているってことになるのか？　俺、そういうの分からないから思ったままを口にしただけなんだが、気を悪くしたならすまん」

「ふふふ。そういうことをサラッと言えてしまうのは罪だな？」

ユウリさんは嬉しそうに笑う。

あはは……怒っていたんじゃないのか？　女心は分からんな。ユウリさんの笑顔を見ていたら体が少し熱くなってきた。

お酒のせいなのか、恥ずかしさのせいなのか……。

「ちょっと！　何いちゃいちゃしてるのよ‼」

「ケネスは私達の仲間です！　ユウリさんだとしても、絶対に渡しません！」

リリーとカレンが興奮した様子で立ち上がった。

食事中に立ち上がるなんてマナーがなっていないな、とツッコミを入れようとしたのだが。

「うがっ！」

向かいに座っていた二人が、俺の背後までやってきて肩を摑んでゆさゆさと揺さぶってきた。

「あたしにはそんなこと言ってくれないくせに‼」

「なんでユウリさんにだけ口説くような言い方してるんですか‼」

「いやいや、そんなつもりないっての‼」

こいつら……恥ずかしいこと言うなっての。

「ははは！　楽しそうでいいじゃないか！」

ユウリさんは楽しそうに笑っている。彼女が無事でよかった。

ありふれた平和な昼下がり。

でも、この平和がこの街にはずっと途絶えていたんだよなあ。

俺はそんな柄にもないことを思いながら、酒を流し込んだ。


「美味しかったです……動けません……」

「楽しかった！　うん！　動けないわ！」

「お前ら……はしゃぎすぎだっての」

俺はユウリさんに用意して貰った部屋のソファに座って、ベッドで仰向けになっている二人を眺めていた。

膨れたお腹を幸せそうに撫でているのはいいが……動けなくなるほど食べてどうする。

魔物の危険がなくなったってだけで、まだまだ危惧するべき問題はあるってのに。

「まあいいけどよ」

ここ最近はずっと戦いっぱなしだ。

たまにはゆっくりしてもいいだろう。

俺だって休みたい気持ちはある。

しかし……どんな時も気を抜けないんだよな。

これに関して言えば性格だからどうしようもない。

ともあれ、なんやかんや言っているが、彼女達がどうしてこうなるまで食べたのか。

大方察しはついている。

「でも……皆さん無理されてましたよね」

「……ああ。気が付いていたか」

カレンが起き上がってぼそりと呟いた声に、俺は反応する。

やっぱりか。

ま、さすがにそこまで鈍感ではないわな。

「もちろん、あたしも気が付いてたわよ」

リリーも起き上がって俺を睨んでくる。

「それはよかった。リリーに関しては気が付かずにバカ食いしている可能性もあったから安心したぞ」

「失礼ね！　あたしをなんだと思っているのよ！」

顔を真っ赤にして怒るリリー。

俺はカレンと目を合わせた後、リリーを見る。

「「そりゃ……」」

「今、目で会話したよね？　二人とも酷くない⁉」

リリーはベッドから飛び降りると涙目で俺の肩を揺さぶってきた。

俺はぶらぶら揺れながら、リリーの額へと手を伸ばす。

「冗談だよ。すまんすまん」

コツンと人差し指を当てて、くすりと笑う。

「なんなのよもう……」

赤く染まった頬を膨らませながら、ふてくされる。

少しからかっただけなんだが、なかなか効果が高かったようだ。

「にしてもだ。俺達のために、革命軍の皆様はめちゃくちゃ無理をしている」

「貴重な食材のはずなのに……私達のために……」

「ええ。出された物は喜んで食べるけど、少し胸が痛んだわ」

食材も貴重だろうし、嗜好品である酒は尚更貴重なはずだ。

それをあれほど振る舞うってのは、今のこの街の環境では相当無理をしたはずだ。

「俺達にできるのは、期待に応えられるよう全力で手伝うこと。お礼をする方法はそれ以外ない」

「そうね。全く……ますます憎くなってきたわ。あんなにいい人達を虐げているアルト伯爵のことが」

「許せません。私達で絶対この領地を救いましょう」

「ともあれだ。今日はひとまず寝よう。明日から多分、本格的に動くことになる」

神々の迷宮による魔物の被害がなくなったのだ。

革命軍は本格的に対アルト伯爵の活動を始めることになるだろう。

「そうね。あたしも眠たいわ……限界ぃ……ぐぅ」

「私もです……すぅ」

「一瞬で寝たな」

気絶するかのように眠りに落ちた二人を確認した後、自分もベッドの上に寝転がる。

ああ……俺も久々に腹一杯食べて飲んだから睡魔がヤバいな。

「俺も休むか」

久々のベッドに、俺は体を沈めた。

◆

「たっく……いつまでかかるんだよ‼」

「ひっ‼　すみません‼」

エドは怒り心頭に発しながら、馬車の壁を殴る。

ガタンと車体が揺れ、御者は体を震わせた。

「もっと馬にムチを打て！　全速力で走らせるんだ！」

「しかしっ！　これ以上無理をさせると馬が死んでしまいます！」

「限界までやるんだよ！　それがお前の仕事だ！」

「そ、そんな……」

御者はエドの一声に声を潜めながらぼそりと呟いた。

手綱を握っている力が弱まってしまう。

ちらりとエドはそれを確認した後、面倒くさそうに背もたれに体重を預けた。

「あとどれくらいだ？」

「もう少しです……なので落ち着いてください！」

「落ち着いてるっつうの！　お前がのんびり走っているからだろ！」

「そんなわけけっ！」

「ああ⁉　なんか文句でもあんのかよ！　僕はいつでもお前を殺すことができるんだぞ？」

エドが脅すと、御者は「勘弁してください」と泣きそうな声で懇願した。

エドは馬が速度を上げたのを確認し、満足したのか椅子に座る。

「アルト伯爵領……ケネスの野郎はどういう目的でそこへ向かったんだ」

「分からないわ。追放された身だから、私達が活動する場所から離れた辺境に向かうってのは理解できるけど」

「でも噂では、ケネスは各地で活躍しているって聞いたよな。さすがにデマだとは思うが……にしても証人が多すぎる」

街でケネスについて聞き込んだところによると、何人もの人間がケネスを英雄だと褒め称えていた。

「一概にデマだって片付けることはできないかもね。神々の迷宮攻略はさすがに嘘だと思うけど、活躍しているってのは本当かもしれない」

「あの地味なおっさんがね……クソ。しかし……僕達の評価が下がっている今、あいつの価値が高かったことが証明されかけているってのが腹立たしい」

エドは拳を握りしめ、膝に打ち付けた。

事実、あいつの影響は大きかった。

自分達パーティの評価は、彼が脱退した後に著しく下がったのは事実である。

その失った評価を取り戻すために、自分達は……。

「クソが……！　僕達の方が優れているはずなのに。あいつはただの地味なおっさんだったはずなのに！」

「まあいいじゃない。連れ戻して、もう一回利用すれば」

「そうだけど……なんだかな」

「エドもそれで納得したでしょ？　名誉を挽回するためと思ってね？」

「……分かってる」

「それに、私達の幸せな生活のために。ほら、ケネスを利用してもう一回いっぱいお金を稼いでね。幸せな生活を送ろうよ」

「そうだな……あいつをとことん利用して、絞りに絞って……僕達の平穏を取り戻す」

エド達は決意めいた表情を浮かべて、お互いコクリと頷いた。

「そろそろ着きます！　は、早く降りる準備をしてください……！」

「うっるせえな！　分かってるつうの！　んで、お前は俺達が降りた後も絶対待ってろよ！　逃げたら承知しねえからな！」

「分かってます！　分かってますって……！」

エドは嘆息し、ちらりと景色を見る。

ここが、アルト伯爵領。

ケネスがいるであろう街か。

「すぐだ。すぐに決着はつけてやる」

◆

「おはようっ‼」

「おはようございますっ‼」

「うがっ⁉」

ぐっすり眠っていた俺だったが、目覚めは最悪と言えた。

リリー達の声が響いたかと思うと、腹に激痛が走ったのだ。

痛みに悶えながら目を開けると、俺の腹に見事乗っかった二人の姿が見える。

「何やってんだお前ら……」

どうにか乗っかってる二人を退け、腹を押さえながら起き上がる。

リリー達は微笑を浮かべて、腰に手を当てた。

「気合い入るかなーって思ってさ！」

「気合い注入の乗っかりです！」

「なんだそれ……お前らは親に起こされる時毎回乗っかられてたのか？」

「そんなわけないじゃない！」

「そんなのされたらブチギレますよ！」

こいつら、一度しばいた方がいいだろうか。

拳が震える。

いや、駄目だ。

女の子をしばいてしまったら悪役は俺。

どんなに俺に非がなかったとしても、世間は……クソ！

「まあいいや……おはよう。二人とも」

頭をかきながら俺は部屋を出る。

洗面所はどこかな。

顔洗ってスッキリしたいんだけど。

「洗面所はこっちですよー」

「あ、元受付嬢さん」

「どうも、元受付嬢さんです」

ふと、ボサボサの髪に気が付いて慌てて整えようとする。

しかし、俺の寝癖は都合よく直ってくれたりはしない。

少し恥ずかしく思っていると、元受付嬢さんはくすりと笑う。

「大丈夫ですよ。私は年収五億の男性がタイプですので気にしておりません～」

「それ、フォローになってませんからね……」

「残念ね！」

「私達がいますよ！」

後ろからリリーとカレンが声を上げる。

「それもフォローになってないからな……」

「ケネスさんには感謝しています」

「ん？　ああ、俺は別に」

元受付嬢さんに突如言われたので、少し戸惑ってしまう。

「皆さんも感謝しています。年収五億ではないですが、魅力的だと思っていますよ」

「そ、そうですか。えっと。頑張ります」

あまりこういうのには慣れていなくて、たどたどしくなってしまう。

彼女は微笑を浮かべて、こほんと咳払いした。

「頑張りましょうね」

「もちろんです。全力でやりますよ」

改めて、決意を言葉にするとなんだか気持ちが変わってくる。

頑張らないとな。

複雑な気持ちを抱きながら、案内された洗面所でまずは顔を洗う。

次に鏡を見ながら寝癖を整え……っと。

「ふう、さっぱりした。お前らも使うよな？」

「もちろん！」

「リリーは長いですからね。ササッとしちゃってくださいね」

「分かってるわよ！」

二人がワイワイ騒いでいるのを俺は壁にもたれながら眺める。

これからの行動はユウリさん次第になるだろう。

俺は彼女に従うつもりでいるし、文句は特にない。

この領地が救われるように、精一杯努力したい。

「よし。リリー、カレン。終わったら早速ユウリさんに――」

と、言いけたら……。

一人の男が走ってきたかと思うと、俺達の前で立ち止まる。

「大変だ！　街でアルト伯爵が寄越した連中に襲われている奴がいる！」

「マジですか！　分かりました、すぐに――」

俺は急いで出口に向かおうとすると、男が待ったと言う。

「それが……訳ありらしい。捕まっている奴、街の人間じゃないっぽいんだ。それにケネスさんの名前を何度も呼んでいる」

「え……どういうこった」

俺の名前を呼んでいる……正直意味が分からない。

多少知名度は上がった自覚はあるが、名指しで助けを求められるほどではないだろう。

大体、助けを求めるならば、特定の人物の名前なんて叫ばないはずだ。

それに、そいつはこの領地の人間ではないときた。

一体、誰なんだ。

「ともあれだ。リリー、カレン。今すぐに行くぞ」

「ええ！」

「分かりました！」

二人は慌てて身支度を終わらせたらしい。

俺の背後を慌ててついていてきていた。

男に案内されるがまま、本部の外へ出る。

しばらく走っていると、広場に人だかりができている。

「君達！」


先に着いていたらしいユウリさんが困り果てた様子で、駆け寄ってきた。

「アルト伯爵の部下達がまた革命軍狩りを始めたらしい。しかも、ケネスの名前を呼ぶ領地外の方を人質に取っていてな」

「一体誰……って、お前⁉」

人だかりの中心にいる人質とやらを見てみると、思わず変な声が漏れた。

「エドにアナじゃねえか⁉」

屈強な兵士達に拘束され、俯いている二人の姿があった。

俺の声に気が付いたのだろう。

ハッと顔を上げて、睨めつけてくる。

「来たわよ……！」

「やっと来やがったか……お前を追いかけていたら散々な目にばっか遭うな。早く僕達を助けろ！」

「何喋ってんだよ！　人質のくせに生意気だなコラ‼　早く革命軍のアジトを教えろ、痛い目に遭いたいのか？」

兵士が、エドの首元に剣を突き付ける。

「……ケネス。お前と話がしたいから早く助けてくれ」

助けてくれと言う割に、相変わらずエドの態度は傲慢だった。

「ねえ。彼らあなたの知り合い？」

「なぜかケネスの名前を知っているようですが……」

隣にいたリリー達が小首を傾げる。

それもそうだ。

彼女達は二人のことを知らない。

いや、一度話したことはあったが名前までは教えていなかったはずだ。

「あいつらが俺を追放した奴らだ……まあいい。とりあえず今は助けよう」

わざわざここまでやってきたんだ。

また何か用件があるのだろうし、向こうの事情を探るのも重要だ。

それに、革命軍のアジトの情報を手渡すわけにもいかない。

「んじゃ、お前ら。ひとまず地面の味でも楽しんでな」

兵士は五人。一人で相手しても問題はない。

ちょうど、試したい力もある。

手を前に出し、思い切り地面につける。

「なっ⁉」

「あが⁉」

「な、なんだ……⁉」

兵士達は一切身動きできずに、地面へ体を叩きつけられるようにバタバタと倒れ込む。

足掻こうとしているようだが、体が随分と重いらしく自由に動けないようだ。

「あちゃ……こりゃ強力すぎるな」

ケミストの野郎に発動した時にはそれほどでもなかったが、人間相手に使うと強力さが顕著に分かる。

「な、なんだ今の能力は……いや、今はいい。地面に突っ伏している兵士達を確保しろ！」

ユウリさんの声と同時に、控えていた革命軍の隊員達が兵士達を拘束していく。

俺は拘束から解かれたエド達に近付いていく。

「会いたかったぜ……ケネス」

「お前、どうしてこんなところにいんだよ」

二度と会うことはないと思った男が目の前でヘラヘラと笑っていた。

俺達はひとまずエド達を連れて革命軍本部へ戻った。

ユウリさんの配慮もあり、エド達は客間に通された。

俺はと言うと、客間の扉の前で中に入ろうかどうか躊躇していた。

この中にエド達がいると思うと憂鬱だ。嫌な予感しかしない。

「ええと……彼らはケネスのお知り合いなんだよな」

俺の隣に立つユウリさんが怪訝な表情で聞いてくる。

俺は困り果てながら、コクリと頷く。

「あんま言いたくないんだけど、元上司みたいなものだ」

「含みのある言い方だな。彼らと何かあったのか？」

「それは……まあ、追放されたんだよ。俺」

「追放……？　君をか？」

そんな馬鹿なといった様子で、ユウリさんは目を丸くしている。

「あいつらがケネスを追放したお馬鹿さんだったのね。ほんと、よくもまあ助けてくれなんて言えたわね」

「ですです。今更なんの用事なんですかね」

「知らん。何を考えているのかは一切分からん」

リリーとカレンは怒りを隠そうともせずに腰に手を当てる。

彼女達にとって、彼らは初見ではあるが……あまり印象はよくないらしい。

俺が愚痴っていたこともあるんだろうが。

愚痴はよくないな。会ったことのない人間に悪い印象を抱かせてしまうのだから。

まあ……俺も少しくらいなら愚痴る権利はあると思うけど。

「ええと。彼らは自らの判断で優秀な君を追放したんだろう？　正直考えられんな」

「俺は別に優秀じゃないさ。ただの暇人」

「ただの暇人が数々の神々を打ち倒すと？」

「それはリリーやカレンのおかげだ。俺は別に」

「謙遜か。でも、そんなところも嫌いではないがな」

謙遜って思われているのか。

言葉って難しいな。

俺は純粋にリリー達のおかげだって思ってるし。

彼女達に強い覚悟があったから、ここまで来られたわけだし。

「で、どうするんだ。事情は分かったから、適当に追い払ってやってもいいんだぞ」

「いや、ユウリさんにこれ以上の厄介事を背負わすわけにはいかない。彼らは俺に用があるんだし、俺の知り合いだ。俺が責任持って対応するよ。逆に迷惑かけてすまない」

「別に構わないよ。これくらい迷惑には含まれない。なんなら、君にはもっと迷惑をかける予定だしな」

俺の肩を叩きながら、くすりと笑う。

めちゃくちゃ期待されているな。

こりゃ、ちゃんと応えないといけない。

「私も一応聞き耳を立てているから、何かあったら間に入るぞ。君が言う通り、何か厄介事が発生しそうな気がする」

「ありがとう。その時は頼んだ」

俺は息を整え、頭をかく。

さて、エド達の対応をしますか。

「あたしも行きたい！」

「私も！」

ドアノブに触れようとした瞬間、二人が声を上げた。

いつになく真剣な眼差しをしている。

どうやら心配されているらしい。

「大丈夫、これは俺の仕事だ。何か騒ぎにでもなったら、ユウリさんと助けに来てくれ」

俺が制すると、二人はしょぼんとする。

せっかく俺を心配してくれたのに悪いことをしてしまったかな。

でも、俺の個人的な事情に無闇に巻き込むのも躊躇われる。

ここは我慢して貰わないと。

再度、ドアノブに手をかけ、ごくりと唾を飲み込んでから扉を開けた。


「やっと来たか」

「待っていたわ」

ソファに腰を下ろした二人がこちらに視線を向けてくる。

全く、今更なんの用だっていうんだか。

俺はローテーブルを挟んだ彼らの向かい側のソファに腰を下ろす。

「……で、俺に何か用なのか？」

正直、まともに対応したら面倒なことになるのは明白だ。

彼らの目的は不明だが、わざわざこんな物騒な場所に来たんだ。

面倒ごとを抱えているのだろう。

エドは相変わらずヘラヘラとした笑みを浮かべながら、テーブルをコツンと叩く。

「い、いやー驚いたよ。まさかお前が本当に各地で活躍していたなんてな」

……なんだ急に。

エドらしくないことを言い出したので、困惑してしまう。

「私も驚いたわ。すごいじゃないの、ケネス」

アナもアナで俺に肯定的なことを言っている。

以前なら絶対にありえなかった姿勢である。

何か下心があるだろうという疑いは、確信に近くなってきた。

「あのさ、僕達今……ちょっと困ってるんだ。そこで、お前の力が必要でさ。少し手助けしてくれないか？」

「困ってるって何に困っているんだ？　お前らSランクだし、困ることなんて別にないだろ」

「それは……だな。えっと……あれだ！　少し厄介な敵が現れてね。お前がいればすごく助かるんだよな！」

厄介な敵？

まあ、彼らもSランクだし何か面倒な仕事を押し付けられたりするか。

しかし今更俺を頼るなんてな。

面倒だが。

「分かった。手伝ってやらなくもないが、俺にはちょっとやることがあるんだ。その合間だったら、手伝えなくもないかな」

ユウリさんに手伝うと言った以上、アルト伯爵の件は最後までやり通す責任がある。

その後はまた神々の迷宮を攻略しなければならないから、正直あまり時間はないんだが。

「嬉しいけど……合間って？　もしかして戻ってくる気はなかったりするのか？」

「戻ってくる、ってそんな話してたか？　俺に厄介な敵を倒す手伝いをしてほしいだけなんだろ？」

「それは……ほら。やっぱりお前も僕達が恋しかったりするかなって。いや、申し訳ないことしたって思っているんだ。突然追放なんかしちゃってさ」

「あー、追放に関しては別にいい。俺はなんとも思ってない。で、何か勘違いしているようだから断言しておくが、俺は一切お前らのところに戻る気はないぞ？」

そう言うと、エドの笑顔が微妙に引き攣る。

「お前ら……もしかして、今更俺に戻ってこいって言いに来たのか？　俺が抜けてから何かあったんだろ。んで、自分達の地位が危うくなったから慌ててここまで来たってところか？」

まさかとは思ったが、エドから笑顔が失われる。

アナも押し黙って、拳をぎゅっと握った。

どうやら図星らしい。

「命令だ。戻ってこい、ケネス」

「俺はお前らの道具じゃねえぞ。勘違いすんな」

殺気を感じたので咄嗟にソファから立ち上がり、距離を取る。

剣に手を当て、いつでも引き抜ける体勢に入った。

「絶対に戻らねえ」

「アナ。作戦は失敗だ」

「そうね……こうなっちゃうと仕方ないわよね」

「ああ。もう仕方がない」

「ええ。仕方ないわ」

二人はそう言いながら立ち上がる。

エドはナイフを取り出し、アナはこちらに手を向けた。

「無理やり連れ戻すしかないな」

刹那、エドが持っていたナイフを握りしめて接近してくる。

俺は咄嗟に剣を引き抜き、相手の攻撃を防いだ。

殺気を感じたが、まさか本当に攻撃をしてくるとは思わなかった。

どうやら嫌な予感は間違いではなかったらしい。

「魔法弾！」

アナが放った魔法弾がこちらに飛んでくる。

たっく……ここは客間だってのに暴れるんじゃねえよ。

「よっと」

俺は瞬時にエドとの間合いを詰めて持っているナイフを弾き飛ばすと、思い切り突き飛ばす。

大きく後ろに仰け反ったエドを一瞥して、飛んでいた魔法弾を剣先で刺す。

ここがダンジョンなら斬り落とすだけでいいのだが……ここではそういうわけにはいかない。

魔法弾を剣でキャッチした瞬間、魔力吸収の魔法を発動した。

あまり得意ではないが、これでも経験を積んできただけある。

魔力吸収は無事に成功し、魔法弾は消滅した。

「大丈夫か！」

「助けに来たわよ！」

「来ました！」

騒ぎを聞きつけた三人が部屋の中に入ってきた。

「すまない三人とも！　結局騒ぎになっちまった！」

俺は謝罪をした後、すぐに前を向く。

ひとまず二人を大人しくさせるしかねえか。

「少し痛いかもしれないぞ」

俺は手を突き出し、重力魔法を発動する。

「なっ……！」

「なにこれ……」

緊急時以外は使いたくないと思っていたのだが、革命軍の本部を破壊するわけにはいかない。

エド達は床に突っ伏し、動けない状態になっていた。

「さすがだな。よし。リリー、カレン。二人を確保するぞ」

ユウリさんが動けなくなった二人を見てリリー達に声をかける。

「了解！」

「分かりました！」


エド達は動けないように腕を後ろに縛られ、拘束された。

「クソ……！　てめえ、調子に乗りやがって！　ケネスのくせによ！」

「……もう最悪。本当に馬鹿！」

散々な言葉を投げかけられるが、痛くもかゆくもない。

彼らはもう、正直俺の手には負えない。

「ケネス。こいつらの処遇はどうする」

ユウリさんが尋ねてきたので、俺は嘆息しながら答える。

「どっかにここまで来るのに使った馬車があると思うから、そこまで運ぶ。すまん、迷惑かけて」

「構わないさ。まあ……お前も苦労人だな」

「まあな。それじゃあ頼んだ」

言って、ちらりと縛られたエド達を見る。

「ケネス！　てめえ、絶対ぶっ殺してやるからな！　覚悟しとけよ！」

「せっかく迎えに来てあげたのに！　なんなのよもう！」

……残念だ。

一応は元仲間なのだが……まさかこんな奴らだったなんてな。

まあ、大体分かっていたことだが。

はぁ、とまた大きなため息が漏れた。


革命軍の隊員達に協力して貰い、エドとアナを二人が乗ってきたという馬車に乗せた。

一応、責任はあるから俺も見送ることにしたのだが……最後の最後まで罵倒された。

別に今更彼らに罵倒されようがどうってことはない。

ただ、本当に彼らは彼らでどうしようもないのだなと理解した。

「もし戻ってきたら、今度は生きてこの街を出られないと思え」

「次にやったら、他人の家の中で魔法弾を放ったことをギルドに報告する。そうなったら、どこのギルドからも仕事を貰えなくなるからな」

屈強な革命軍の隊員達が、次々に脅しをかける。いや、脅しじゃなくて、本気かもな。

エド達は悔しそうにしながらも、黙って馬車に乗って街を出ていった。

「本当にすまん。迷惑かけて」

「いいんだ。気にすることじゃない」

ユウリさんは苦笑しながら、俺の肩を叩く。

笑ってくれてはいるが、本当に迷惑をかけてしまった。

元仲間がまさかあそこまでするとは……。

追放される時に二度と関わらない、くらいは言っておいてよかったかもしれない。

いや、あの様子だとそれでも追いかけてきていたか。

「それに言っただろう？　私は君に、もっと迷惑をかける予定があるんだ」

「ははは……そう言ってくれると助かるな」

今回は彼女に救われたな。

感謝しないといけない。

「全く、あんなのが元パーティメンバーだったのね」

「正直驚きました。ケネスも大変でしたね」

「そりゃな。パーティにいた頃はかなり苦労したさ」

散々こき使われたし、いいように使われまくった。

ま、今となっては解放されたからどうでもいいんだけど。

あいつらとの因縁も終わったし、昔の思い出ってところだ。

「リリーやカレンもごめんな。関係ないのに巻き込んじゃって」

彼女達にも迷惑をかけてしまった。

「いいのよ！　あたし達もケネスにはお世話になってるしね。お礼よお礼！」

「そうです！　気にしないでください！」

「そう言ってくれると嬉しいよ」

彼女達には頭が上がらないな。

俺は頭をかきながら、苦笑する。

「さて、と」

エド達が乗っている馬車はもう見えなくなった。

あいつらはもう、ここにはやってこないだろう。

時間を無駄にしてしまったが、もう終わりだ。

俺達にはやらなくちゃいけないことがある。

「ユウリさん。確保しているアルト伯爵の兵士のところまで連れて行ってくれないか？」

「そう言うと思っていたよ。動くんだな？」

「ああ。そろそろアルト伯爵にはお尻ぺんぺんしてやらないとな」

俺はぐっと拳を握りしめ、ニヤリと笑う。

「リリー、カレン。お仕事の時間だ」

「はーい！」

「やったりましょう！」


「で？　本当に大丈夫なのか？」

「急にどうした？」

拘束されている兵士の元へ向かっていると、ユウリさんがいきなり聞いてきた。

表情からは少し心配の気配が感じ取れる。

「もしかして心配してくれているのか？」

「そうだ。ケネスのことだ。あんなことで動じないメンタルを持っているとは思うが……私がケネスの立場だったら、少しモヤモヤする」

「別に俺は大丈夫だよ。あいつらは確かに仲間だったが今は関係ない。多少の責任があったから対応しただけ。それ以上でも以下でもない」

「本当にそうなのか？」

「そうだよ。あんま気にすんなって」

「そうか。ならいいんだ」

「ま、ケネスなら大丈夫よ」

「ですです！　だってケネスですもの！」

背後にいる二人が、声を揃えて言った。

ケネスだから大丈夫って……俺をなんだと思っているんだ。

まあ、実際俺は大丈夫だから間違ってはいないんだと思うけれど。

「で、捕らえた兵士の様子は？」

「未だに黙っているよ。だが、ケネスが来たら状況は変わると思う」

「というと？」

俺が尋ねると、ユウリさんはニヤリと笑う。

「なんせ、未知の力によって制圧されたんだからな。そりゃケネスに対して怯えて当然だろう」

「あ、そうか。そりゃそうだな」

俺の能力。重力魔法。

「ケミスト」から貰った魔法は、あまりにも強力すぎて大抵の人間は指一本触れずに圧倒的な力で封じることができる。

しかも、この魔法の凄いところは、狙った人物や場所にだけ重力を操作できるということだ。

あんな能力を突然ぶつけられたら、そりゃ怯えるよな。

間違いなく、俺だって恐怖するだろう。

ユウリさんは街の外れに向かって、どんどん進んでいく。

道を進むにつれ、静かになっていく。

多分、普段は誰も立ち入らないような場所なのだろう。

でもそれは当然。

何しろ伯爵の兵士を拘束しているのだ。万が一、革命軍の本部の場所がアルト伯爵に分かってしまったら奇襲される可能性がある。

ユウリさんが一軒の古い家の前で立ち止まる。

「ここだ」

「へぇ。普通の家みたいだな」

建物の前には監視役なのか、男が一人立っていたが、それを除けばごく普通の家だった。

「元は普通の家だからな」

見張り役の男がコンコンと扉をノックする。

「代表がいらした」

男が声をかけると、鍵を開ける音がして中から扉が開いた。

家の中に入り、廊下を進んで扉を開けると、これまた見張り役と思われる屈強な男達が三人いて、縄で後ろ手に縛られた兵士が一人、木の椅子に座らされていた。

「残りの四人もそれぞれ別の部屋で拘束しています」

と、見張りの男がユウリさんに耳打ちする。

「じゃあ、まずはこの男から尋問するか」

ユウリさんが俺を振り返ったので、俺はすごい形相で睨んでいる兵士に近付いた。

「アルト伯爵に雇われた兵士……だな？」

「……離せ！　てめえらぶっ殺すぞ！」

目の前に立っている俺に今にもかみつきそうな勢いで兵士が怒鳴る。

「今の君はそんなことを言える立場にない。それに自覚した方がいい。今この状況で、どうするのが自分のためになるかをね」

ユウリさんは静かな口調で、しかし相手に有無を言わせぬ威圧感を持って兵士に話し掛ける。

さすが革命軍の代表を務めるだけはある。

俺とは違って、静かな威圧感を持っている。

彼女が俺に視線を向けて、コクリと頷く。

今度は俺の番ってところか。

「初めまして。俺はここの革命軍のお手伝いをしているケネスといいます。よろしく」

「……てめえ。何がよろしくだ。見合いじゃねえんだ、自己紹介してる場合かよ！　革命軍の手伝いをするってことは貴族を敵にするってことなんだぞ？　それがどういうことか分かってんのか？」

「生憎と貴族と付き合うのには慣れていてね。ある程度覚悟はできている」

以前のパーティでも貴族からの依頼があったし、依頼主と直接話すのは俺の役目だった。それに神々の迷宮を攻略する上では、リレイ男爵に世話になった。

それに、貴族相手だからって、今更ひるむつもりはない。

「で、だ。お前はどういう経緯でアルト伯爵に雇われた」

「……金だよ。それ以外には何もねえ」

「へえ。つまり傭兵ってことか」

俺は頷きながら、ユウリさんに視線を送る。

きっと、金のためならなんでもするような輩を傭兵として雇っているんだろう。

「今からお前に二つの選択肢をやる。心して聞くように」

ユウリさんが指を二本立てて、兵士の顔を覗き込むように窺い、頭に手を置く。

「革命軍に付くか……それとも引き続きアルト伯爵に従うか。私のオススメは前者だ」

「ど、どういうこったよ！」

「君も知っているだろうけれど、我々は革命を起こそうとしている。きっとこれから先、武力闘争は避けられないだろう。私としては無駄な犠牲者は出したくない。革命軍側には、彼、ケネスという強い援軍もできた。彼の力はさっき体験済みだろ？　悪いことは言わない、私の方に付いてくれないか」

身の安全は保障する、と彼女は言う。

そう、俺達はアルト伯爵ととことんぶつかり合うのだ。

その上で、相手と戦う時は武器を使用することになるだろう。

もちろん犠牲者はゼロにするのが目標だ。

でも、できれば誰も傷つけたくない。

だから一人でも多く向こうの兵士をこちら側に付けておきたい。

「どっちに付く？」

兵士はゴクリと唾を飲み込み、ユウリさんと俺の顔を交互に見た。

「……本当に守ってくれるのか？」

「約束しよう」

ユウリさんが言うと、兵士はコクリと頷いた。

交渉は成立ってところか。

「よし、それじゃあお前は他の兵士にも伝えておいてくれ。革命軍とは協力関係になったとな」

「分かった。そうさせて貰う」

ユウリさんが合図をすると、見張り役の男が慎重に兵士を拘束していた縄を解き、部屋の外へ連れて行った。

他の部屋に拘束されている他の兵士達と一緒に解放するのだろう。

俺達は部屋を出て行く兵士と見張り役の男達を見届けながら、ユウリさんの方を見る。

「本当に、こちら側の味方になるかな？」

金目当ての傭兵がなんの利益にもならない革命軍に寝返るとは思えなかった。

「なるだろ。ケネスの力を体感したら、大抵の奴は逆らおうなんて思わないはずだ」

ユウリさんが悪戯っぽく笑って言う。

まいったな、そこまで信頼されてるなら、ますます頑張るしかない。

「これから始まるぞ。本当の革命が」

ユウリさんが急に真面目な顔をする。

「分かってる。覚悟はできてるよ」

暇つぶしをしたくてうずうずしていた俺は、ニヤリと笑って返した。


後日、釈放した傭兵から『傭兵は全員革命軍側に付くことにした』と連絡が入った。

それを聞いた俺達はお互いに拳をぶつけて、勝利に一歩近付いたことを喜んだ。

「これで本格的に動けるな」

「ああ。俺も全力で手伝わせて貰うよ」

「任せてください！」

「あたし達なら余裕よ！」

リリーやカレンも準備万端といった様子である。

さて、本格的に動くことになった俺達は革命軍に所属する隊員を本部のホールに集めた。

全員が集まったことを確認した後、ユウリさんは壇上に立つ。

静まり返る本部内。

「これより、我々はアルト伯爵との徹底抗戦に突入する！　我々がずっと計画していた作戦が遂に動くのだ！」

叫ぶと、隊員達が各々拳を掲げて雄叫びを上げる。

「待っていたぞ‼」

「遂に始まるんですね！」

「我々の平和を取り戻そう！」

全員が作戦が始動することを喜んでいる様子である。

ユウリさんは俺の方を一瞥した後、正面を向く。

「これも全て、ここにいるケネス達のおかげだ！　全員、敬礼‼」

「「「はっ‼」」」

ユウリさんの合図と共に、革命軍の全ての隊員が俺達に敬礼をした。

「ははは……なんていうか、緊張するな」

「めっちゃ期待されていますね……」

「さすがのあたしも……ちょっとドキドキするかも」

ここまでされると、さすがに畏まってしまう。

「よし！　それでは、全員に作戦を共有しようと思う！」

そう言って、ユウリさんは壁に貼ってある地図を指さした。

アルト伯爵領地図だ。

「心して聞くように！」

本格的に作戦が始まるんだ。

そう思うと、やはり緊張した。

「頑張ろうな、リリー。カレン」

「もちろんです！」

「任せてよ！」


地図にはところどころにメモ書きがされており、そこには細かな作戦内容が書かれていた。

「アルト伯爵が雇っていた傭兵は我々の味方となった。しかし、まだ直属の兵士が存在する」

そう言って、ユウリさんは丸が描かれたところを叩いた。

そこには『アルト伯爵城』と描かれている。

「敷地内には伯爵を警護するために、かなりの数の兵士が控えている」

言いながら、メモ書きを指でなぞる。

「我々は伯爵を捕縛する前にまず兵士達と戦う必要がある。しかし死者は出してはいけない！」

ユウリさんは叫ぶ。

「抵抗する者も必ず生け捕りにしろ！　そのための訓練は散々してきたはずだ！」

「「はっ！」」

すごいな。

たとえ敵でも命は奪わない。

さすがはユウリさんと言える。

「ケネス、先陣を切ってもらえるか？」

「もちろんですよ。任せてください」

「緊張するけど、全力で頑張るわ！」

「革命、サクッと起こしちゃいましょ！」

緊張すると言っているが、二人は明らかにワクワクした表情をしている。ユウリさんに負けず腹が据わっているな。

「うむ！　我々の目標はあくまでもアルト伯爵を捕縛することだ！　その他の無駄な争いはせず、みんな生きてここに戻ってくるように！」

「「「はっ！！！」」」

ユウリさんの合図と同時に、全員が敬礼をする。

「それじゃあ、行こうか」

「任せてください。やりましょう」

革命の、始まりである。

アルト伯爵城。

それは俺達が攻略するべき場所だ。

俺達のいるこの街は、神々の迷宮があった場所から近く、領地の中でも辺境地だ。ここから、伯爵が住む街までは、ある程度距離がある。

途中で簡単な休憩をしたとして、歩いて一日はかかる見込みだ。

後ろを振り返ると、多くの隊員達が武器を持って進軍をしている。

先頭に立つ俺は、隣を歩くユウリさんに声をかけた。

「さすがに緊張するな。これだけ大勢の人達の命がかかっているんだ。負けるわけにはいかないって考えると、尚更だ」

「ああ、そうだな……。なあケネス」

「どうした？」

なぜか改まって名前を呼んできたので、俺は思わず首を傾げる。

何かあったのだろうか。

失言でもしてしまったかと心配していたらユウリさんは苦笑しながら言う。

「ありがとう。私達の戦いに巻き込んでしまったというのに、こうやって真剣に向き合ってくれて」

「なんだそんなことか。いいんだよ、気にすんな」

俺は別に巻き込まれて迷惑だなんて思っていない。

もちろん理由は決まっている。

「俺はただの暇人なんだ。暇人がただ、暇を持て余しているだけだよ」

「ははは！　全く……ケネスは面白いな」

「そうか？　なんと言っても俺の笑いのセンスは神話級だからな」

　そんな軽口を叩きながら、俺達は歩く。

「リリーとカレンは大丈夫か？」

「大丈夫だよ！　ま、まあ緊張していないって言ったら嘘になっちゃうけど」

「でも、ケネスがいるから大丈夫です！」

「そっか。ま、無理すんなよ」

　俺は二人の肩を叩く。

　彼女達は、やはりまだ経験が浅い。

　少しばかり緊張はしているだろう。

　という俺も、魔物とは数え切れないほど対峙してきたが、貴族相手というのは初めてだから緊張していないって言えば嘘になるんだけど。下手をすれば謀反の罪でお尋ね者になってしまう。

「そろそろ休憩ポイントだ。明朝はいよいよ伯爵城だ」

　日が暮れ始めて間もなく、森の中でぽっかりと開けた場所で、ユウリさんが立ち止まり声を上げた。

「分かった」

「よし、火を熾《おこ》すぞ」

　隊員達が休憩の準備を始めようとしたその時……。

「待て」

　ユウリさんの声が響く。

　夜のとばりがおり暗くなった茂みの方に視線を向けると、無数の人影が見える。

俺は剣に手を当てて、身構えた。

「これは……最悪だな」

「バレてるっぽいな。あれがアルト伯爵直属の兵士か」

進軍する前の休憩地として、比較的安全な場所を選んでいたはずなのだが。

どうして敵にバレてしまっているんだ。

兵士達が少しずつではあるが、こちらに近付いてきているのが見える。相手はもう戦闘する気でいるようだ。

「大方、味方になったと思っていた傭兵の誰かが漏らしたといったところだろう」

剣を手にしたユウリさんが呟く。

「……そうだろうな」

俺は嘆息しながら、剣を引き抜く。

「しかし、向こうから来てくれるのは逆にありがたい。少しでも敵は減らしておきたいところだ」

「そうだな。逆に後悔させてやろう。俺達を舐めて攻めてきたことを」

振り返り、リリーとカレンに声をかける。

「二人は待機していてくれ」

「あたしはいつでもＯＫ――ええ⁉」

「私もで――ええ⁉」

二人は驚いた様子で口をぽかんと開けている。

まあ、そりゃ納得はいかないだろう。

でも、ちゃんと理由がある。

「二人はどちらかと言えばバックアップ系の能力だ。可能なら、本番まで力を残しておきたい」

「それも……そうね」

「仕方ありません……」

そう言いながら、目の前のアルト伯爵兵を見据える。

「ユウリさん。何分くらいで決着がつくと思う？」

「私とケネスでだろう？　そうだな……十分あれば確実に壊滅まで持っていけるだろう」

「へぇ……隊員は使わずに俺と二人だけでやろうとしているんだな。無茶をするぜ」

剣を敵兵へと向けて、俺はニヤリと笑う。

「五分だ。五分で決着をつけよう」

「面白い！　さすがは私が信じた男だ！　聞いたな、みんな！　革命軍は全員待機だ！」

ユウリさんが、剣に手をかけていた革命軍の仲間達に指示をする。

「敵兵達に後悔させてやろうぜ。暇人を相手にしたら面倒ごとになるってよ」

「ははは！　そうだな。まあ、私は暇人ではないが！」

俺とユウリさんは肩を並べて、ケラケラと笑う。

さて、冗談はここまでだ。

「やるか」

「ああ」

そう言った刹那、俺達は地面を蹴る。

敵兵はおそらく二十人。

こちらを甘く見ているのか、茂みの中から現れた兵士達はニヤニヤと笑っている。

笑ったことを後悔させてやる。

全員もれなく、おねんねして貰おう。

「はぁ！」

ユウリさんの剣が兵士の剣とぶつかる。

しかし、一人で複数人の相手をするわけだ。

すぐにユウリさんの背後を取ろうと兵士達が動いてくる。

「任せてくれ！」

俺はそいつらに対して、剣を振るう。

重力魔法なんて使わない。

あんな魔法を使ってしまったら、面白くないだろう。

あれはもっと、必殺技的な感じで使いたいところだ。

こんな場所で使う物じゃない。

俺は剣に風属性を付与する。

極限まで魔力を込め、剣本体の力を高めていく。

「今だ‼」

「なっ⁉」

まずは剣を一振りすると、ものすごい風圧で近くにいた兵士達が吹っ飛ぶ。

兵士達は愕然とするが、俺はその隙を逃さない。

「ほらよっと」

峰打ちをし、相手を次々と気絶させる。

ふぅ。

「ユウリさん。余裕そうじゃないか？」

「当たり前だ！」

「本当に？」

俺は近くの兵士を蹴り倒しながら、ユウリさんに尋ねる。

「わりかしキツそうに見えなくもないけど？」

「馬鹿を言うなケネス！　全く……お前はどこに目をつけてるんだ！」

そう言って、ユウリさんは敵兵を剣で弾き飛ばす。

同時に近くにいた敵兵にタックルをかまし、そのまま意識を奪った。

「さすがだな。暇人の俺より、よっぽど強いぜ」

「ケネスに言われると、なんだか腹が立つな……！」

「ははは！　素直じゃないな！」

俺は剣を構え、深く呼吸をして集中する。

《物理強化》のバフを付与し、相手を見据える。

俺ができるレベルのものだから、簡単なバフだ。

けれども、これくらいでも十分だろう。

剣を斜めに構え、そして相手へと突っ込む。

「はぁぁあ‼」

気合いと共に両手で握った剣を相手の剣に叩きつける。

轟音が響き、衝撃波が走る。

相手の剣が真っ二つに折れ、強烈な衝撃波が目の前にいる敵兵を吹き飛ばした。

「ふぅ。俺の方は終わりっと」

そう言いながら、ユウリさんの方を見る。

ユウリさんは静かに剣を構えていた。

敵兵が近付いてくる。

「はッッッ！」

ユウリさんの一撃が敵兵達を吹き飛ばす。

一瞬にして、敵兵三人を無力化した。

彼女は大きく息を吐いた後、俺の方に歩いてくる。

「殲滅完了だな」

「ああ。さすがだな」

俺とユウリさんはハイタッチを交わす。

「うおおおお‼　さすがは二人だぜ！」

「俺達には最強の味方が付いている！」

瞬間、味方の隊員達が声を上げた。

士気はかなり上がっているようだ。

これは災い転じてなんとやらじゃないが、なかなか良い状態になったのかもしれない。

「にしても、さすがはケネスだ。重力魔法を使わないとはな。あのレベルでは使うのももったいないか？」

「ユウリさんこそ。俺なんてあんたと比較したらミジンコレベルだよ」

「謙遜はやめてくれ。私は君の実力を強く信頼しているんだから」


気絶している兵士達を手分けして縛り上げると、ようやく一息ついた。

進軍を開始してから、やっと休めるタイミング。

他の隊員達もゆっくりと休んでいる様子だった。

「すごかったです！　やっぱりケネスさんは最強ですね！」

「一瞬だったわね！」

カレン達が嬉々とした様子で言ってくる。

「まああそんなに褒めるな。おっさんを褒めても何も出てこないぞ」

俺はへへへと頭をかきながら答える。

とはいえ、まんざらでもない。

褒められるのはやっぱり嬉しい。

「さすがにあの人数相手では、若干不安だった部分もあったけど、少し安心したよ！」

「でですです！」

「右に同じだ。これもケネスのおかげだ」

「だから褒めるなっての。照れるじゃないか」

俺は咳払いをして、話を終わらせる。

全く、若い人達に褒められるのは慣れないな。

「で、明日は目的地に着くんだろ。改めて、現場の状況を教えてくれ」

「もちろんだ。とはいえ、情報が入ってきてない部分もある。だから、ある程度は憶測にはなってしまうのだがな」

そう言いながら、ユウリさんは語り始めた。

「城は小高い丘の上にあって、丘の下には城下町が広がっている。城の敷地内にはアルト伯爵直属の兵士達がいる。さっきの兵士も直属だが、あくまで外に出された兵士だ。伯爵の近くに控えて守っている兵士はもっと強いと考えていい」

ユウリさんは水筒の水を飲みながら語る。

「敵の数はおそらく百かそれ以上だ」

そう言うと、少しだけカレンとリリーが不安そうな表情を浮かべる。

「数、多いですね……」

「しかも相手の縄張りの中だし……」

それもそうだ。

まして、こちらは相手を殺してはならないが、相手はそんな手加減はしてくれない。

「安心してくれ。私達には秘密兵器がある」

「秘密兵器？　なんだそれ」

「なんですか？」

「気になる！」

「ふふふ……気になるよな」

ユウリさんは腕を組み、思わせぶりにくつくつと笑う。

一体何を隠しているのだろうか。

俺はずっと彼女の近くにいたけれど、特別な兵器とやらは見ていない。

「私達には秘密兵器、ケネスがいるだろう？」

ユウリさんの予想外の答えにリリーとカレンが目を見開く。

「……確かに！」

「……ですね！」

「おいおい……おっさんをからかわないでくれ」

「至って真面目だ。それほど信頼しているというわけだよ」

全く……おっさんを秘密兵器だなんて……。

恥ずかしいじゃないか。

「まあ、信頼してくれるのは嬉しいよ」

「ああ。信頼しているとも」

照れくさいな。

だが、期待には応えなきゃいけない。

「任せてくれ。頑張るよ」

俺はもう覚悟はできている。


「そろそろ向かうぞ！　みんな……頼む！」

一時間ほど休憩し、ユウリさんが声を上げると、他の仲間達が一斉に立ち上がる。

そして、拳を掲げ歓声を上げた。

「任せてくれ！」

「俺達はユウリさんを信じているからな！」

「期待は裏切らないようにするぜ！」

隊員達の士気は十分といったところ。

さすがはユウリさんの仲間だ。

「いよいよ革命だね！」

「はい、頑張ります！」

リリーやカレン達も気合いを入れている感じだった。

彼女達を見るに、多少は緊張しているようだったが雰囲気に鼓舞されているようである。

俺も俺で少しばかり緊張しているが、命がけで自分達の街を守ろうとしているユウリさんを見ると絶対に負けられないと思った。

「それでは、ケネス。進軍するぞ。準備はいいな？」

「任せてくれ。俺はいつだって準備万端だぜ？」

そう言うと、ユウリさんはコクリと頷く。

「行くぞ！　我々は必ず勝利を掴む！」

「「「おおおおおお！！！」」」

俺達は拳を掲げ、武器を持ち、アルト伯爵城へと進軍を開始した。

最終目標はアルト伯爵本人。

ここから距離が遠いわけではない。目に捉えることができる場所にアルト伯爵の住む城が見える。しかし正面から入ることはしない。当たり前ではあるのだが、城下町にも市民が暮らしている。

革命軍の目的はあくまでも平和を取り戻すこと。城下町の人にもしものことがあったら本末転倒だ。なのであまり人が暮らしていない東側から侵入することになった。

城の東側には森が広がっていて、比較的簡単に侵入できる。騒ぎを最小限に抑えアルト伯爵だけを捕縛するとなるとこの作戦が一番だ。

「お前ら、準備はいいな」

闇夜に紛れ、アルト伯爵城の東側の壁までやってきた俺達は息を整える。ユウリさんの静かなかけ声に、全員が黙って頷いた。

「おそらくアルト伯爵もいきなり城を襲ってくるとは思っていないだろう。侵入後は動揺を上手く使って速やかに制圧する」

そう言って、ユウリさんが壁を叩いた。

「それでは、侵入するぞ！」

ユウリさんの声と同時に、俺達は一気に壁を乗り越えていく。士気は十分だ。後はアルト伯爵を捕縛するだけでいい。

なんて考えていたのだが。

「おいおいおい……マジかよ」

壁を乗り越え、アルト伯爵城へ侵入して目にした光景は百人どころではない、数百人単位の兵士達の姿だった。逃がしてやった傭兵達の姿も見える。やはり味方になったというのは嘘だったらしい。俺達が今日、襲撃するという情報も筒抜けだったのだろう。

「はははは！　ほんと、君達が馬鹿で助かるよぉ！」

「アルト伯爵……貴様……！」

ケラケラと笑いながら拍手をしている人間――アルト伯爵をユウリさんは睨めつける。

でっぷりと太った、肌つやのいいこの男がアルト伯爵か。領民達は皆痩せ細っていたっていうのに、全くふざけた野郎だ。

「ユウリ……だったかな？　君は随分と僕に敵意を向けているようで。はて、僕が君に何かしたかな？」

煽るような口調で、アルト伯爵は言う。

「貴様のせいで……領民達は苦しみ、次々と命を落とすような状況になっているんだ……！　どの口が言っている‼」

「最低だよ……」

「酷いです……」

リリーとカレンが悲しそうな表情で呟く。俺も俺で、話を聞いているだけで悲しくなった。こんな人間が領主をしているだなんて、一体この国はどうなっているんだ。

「まあいい。いくらでも僕に罵倒を浴びせるがいい。なんせ、君達はここで死ぬんだから」

「そんなわけがないだろう！　こちらも数多くの仲間がいるんだ！　貴様を倒すために、何度も屈辱を味わいながら今ここに立っているんだ！」

「そうだそうだ！」

「お前になんか負けねえよ！」

ユウリさんの声に触発され、後ろに控えていた仲間達が声を上げる。しかし、その光景を見てもアルト伯爵はくつくつと笑い続けている。これっぽっちも自分が負けるだなんて思ってもいないようだ。

「ならばやってみたまえ！　君達のようなゴミ虫が貴族である僕に勝てるかどうか！　お前ら、全員皆殺しにしろ！」

「戦闘開始だな……！」

戦いは突然だった。アルト伯爵の声と同時に、数多くの兵士がこちらになだれ込んでくる。革命軍の隊員達も剣を抜き、剣と剣を交えた戦いが始まった。

俺も剣を引き抜き、こちらに向かってきた兵士と相対する。

相手は完全に殺しに来ているが、全て受け流していく。こっちは悲しいことに命を狙われることには慣れているんだ。これくらいの殺意じゃ俺を殺すことなんてできない。

ちらりとリリーやカレンの方を見るが、どうやら彼女達も問題なく応戦しているようだ。リリーは銃身を使って、カレンは魔法で相手を気絶させている。

「ユウリさん！　そっちは大丈夫か！」

「問題ない！　私はアルト伯爵を狙うから隙を作ってくれないか！」

「任せてくれ！」

俺は近くにいた兵士を押し倒し、ユウリさんの方に向かって走り出す。

「重力……魔法……！」

ぐっと拳を握り、ユウリさんの付近にいる敵兵士に向かって重力魔法を発動する。その瞬間兵士達は一切の動きを封じられ、何もできないまま無力化されていく。

やっぱつええな……この魔法。

「助かる！　決着は……私がつける……！」

そう言って、ユウリさんはアルト伯爵の方に駆け抜けていく。彼女なら心配しなくても、きっと大丈夫だ。何事もなく、すぐにアルト伯爵を倒すことに成功するだろう。

俺は兵士達の動きを封じることに集中するため、視線をユウリさんから外す。

やっぱり敵兵士の数は多いが、こっちにだってこれほど優秀な仲間がいるんだ。それに兵士といっても、長らく実戦などしたことがない奴らばかり。別に大したことではない。実際に今はこちらの方が有利な状況である。

リリー達もそうだが、仲間の兵士も確実に敵を減らしている。

これは……行けるか――。

「うぐっ……!?」

「おいおい……マジか!?」

突然ユウリさんの悲痛な声がしたかと思うと、彼女はアルト伯爵の前で倒れていた。どうやら意識を失っているようだ。

「ははははは！　市民が貴族である僕に勝てるわけがないだろう！　馬鹿だなぁほんと！」

「おい待て！」

アルト伯爵が愉快そうにユウリさんを踏みつけている。このままでは、彼女の命が危ない。

次々と襲いかかってくる兵士を薙ぎ倒し、俺はユウリさんのもとへ走った。

「おい、ユウリさんを放せ！」

俺の怒声にアルト伯爵が反応する。

「ずっと気になっていたんだけど、君は誰だい？　少なくとも僕の領地の人間ではないだろう？」

「俺はただの暇人だよ」

「へぇ……こんなムシケラ達に加勢するなんて、君、相当な暇人なんだね」

「ただ、てめえをぶっ倒すことに関しては暇つぶしじゃなく、自分から進んでやろうとしているけどな」

「君が僕に勝てるの？」

「試してみるか？」

俺はアルト伯爵に剣を向け、ふうと息を吐く。

「あまり荒事は好きじゃないんだけどねぇ……しかし、僕の兵士が軒並み君達に倒されているから、僕がやらないとなぁ……負けちゃうしねぇ……」

そう言って、アルト伯爵はぐっと自分の拳を握る。

「まあ……兵士が何人負けても痛くもかゆくもない。最後に君らを倒せば僕の勝ちだからね。ちょっと本気出そうかな」

自分を守ってくれている兵士が倒されても、痛くもかゆくもないなんて、どこまで最低な野郎なんだ。おかげで俺の怒りに燃料が投下されたよ。

アルト伯爵が手の平をこちらに向けてきたかと思うと、いくつもの魔法陣が空中に生成される。

「《多重火球》」

その声と同時に魔法陣が赤く燃え上がり、無数の火球がこちらに向かって飛んできた。

俺は咄嗟に回避をしつつ、飛んできた火球を剣で切り落としていく。しかしこんな強力な魔法を扱うことができるなんて、少し舐めていたかもしれない。

「それそれ！　もっと避けろ！　俺は魔法ならいくらでも使えるぞ！　いつか当たって君が死ぬまで、僕はずっと魔法を使い続けるよ！」

ははは……舐められたものだ。確かにこんなにも連続で魔法を放たれ続けたら、俺は避け続けるしかない。相手の魔力が限界になるまで耐え続けるのもいいが、この様子だとかなりの時間を要することになるだろう。

「クソ……困ったな……！」

このままじゃ、俺の体力が限界になってしまうかもしれない。ユウリさんは意識を失ってしまっているから助けを求めるのは不可能だ。他の人に頼るにしても、全員が兵士と戦っているから援護をして貰うのは難しいだろう。

クソ……気合いでどうにかするしか――。

「穿て！」

「ええい！」

刹那、銃弾と魔法弾がアルト伯爵のすぐ横を通過する。

「ひ、ひえ……!?」

「リリー！　カレン！」

どうやら二人が援護してくれたらしい。遠くから、俺に向かってグッドサインを送ってくれている。よし……今がチャンスだ。アルト伯爵はまさか遠くから銃弾と魔法弾が飛んでくるだなんて思っていなかったのか、尻餅をついて体を震わせていた。

そりゃそうだ。今回はわざと外したのだろうが、もしも当たっていたらアルト伯爵は間違いなく死んでいた。

俺は剣をアルト伯爵の首元に当てて、ふうと息を吐く。

「あっけなかったな。さて、どうするよアルト伯爵さんよ」

「……ははは。君は本当に馬鹿だな。僕を殺したら君は大罪人だぞ」

大罪人か。まあ別に暇人の俺にとっては、そういう称号がついても面白いかもしれない。だけど、生憎と殺しには興味がない。

「俺は殺さない。だが、ユウリさんがどうするかは知らないけどな」

「はぁ……はぁ……アルト伯爵……！」

ちらりとユウリさんに視線を移すと、彼女はふらふらとよろめきながら立ち上がっていた。そして、剣先をアルト伯爵に向けている。

「ははぁ。君は僕のことを殺すのかい？　僕を殺しても君は一生罪を背負い続けるだけだよ？」

「殺しはしない。お前がやってきたことを国家に報告し、罪を償って貰う」

「……ぷははははは！　お前は馬鹿だなぁ！　俺を牢屋にぶち込んだところで、俺がやってきたことは消えないんだぜ⁉　優しすぎるよなぁ！」

アルト伯爵は腹を抱えながら、ゲラゲラと笑う。

「殺さないと後悔するぜ⁉」

挑発するように笑うアルト伯爵。逃げられないと分かり、ユウリさん達を道連れにする気だろうか。いくら悪人とはいえ、貴族を殺せばただでは済まない。

ユウリさんは、剣先を伯爵の首元に当てる。

「どうした、殺れよ」

ギリッと奥歯を噛んだユウリさんが剣を振り上げる。

「ダメだ！　ユウリさん、殺したらダメだ！」

俺が叫んだのと、ユウリさんがまっすぐに伯爵の眉間めがけて剣を振り下ろしたのはほぼ同時だった。

「ひっ！」

伯爵が短い悲鳴を上げて目をつぶった。

「しない。これは私だけじゃなく、全員が思っていることだ」

間一髪のところで剣を止めたユウリさんが、悔しそうに呟いた。

「ケネス！　ユウリさん！　こっちは終わったよ！」

「私達側は多少の怪我はありますが、死者は出ていません！」

リリー達がやってきたのを見て、ユウリさんは深く頷く。

「貴様の仲間は全員無力化した。これからは私の指示に従って動いて貰う」

そうユウリさんが言うと、アルト伯爵は舌打ちをしながら立ち上がる。

「こんなことをしてただで済むと思うなよ」

ユウリさんは悪態をつく伯爵の腕に縄を巻き、下手なことができないよう拘束する。

ふう……とりあえず何事もなくアルト伯爵との決着がついてよかった。俺は安堵しながら、ユウリさんの隣に立つ。

あとは伯爵を王様に突き出して、これまでの悪政を報告すれば、きっとこの領地は平和になるだろう。

「帰ったら美味い飯でも食べないか？　せっかく勝ったんだからさ」

なんて話をしたのだが、ユウリさんの表情は曇っていた。

「ケネス。少し違和感があるんだ」

「違和感？　何かあったか？」

尋ねると、ユウリさんは静かに頷いた。

「都合が良すぎる気がするんだ。こんなにもあっけなくアルト伯爵との決着がつくなんて、私は想定していなかった」

「それは俺達がアルト伯爵より上手《うわて》だったからじゃないのか？」

「確かにそうかもしれないが……もっと何か、何者かによって都合よく――」

「あ、あれ？　ユウリさん？」

ユウリさんが何かを言いかけた刹那のことだった。まるで、突然時間が止まってしまったかのように、彼女の動きが止まってしまう。

「お、おい……！」

周囲を見てみると、アルト伯爵や仲間の隊員達までもが固まってしまっていた。本当に時が止まってしまった……のか？

「ケネス！　一体何事なの⁉」

「皆さんの動きが急に止まったのですが⁉」

「二人は大丈夫なのか⁉」

全員が動きを止める中、リリーとカレンだけは動いている。

「私達は大丈夫です！　だけど皆さんが……！」

一体何が起きているんだ。まさか何者かからの攻撃か？

しかし……こんな魔法は見たことがない。時を止めるだなんて馬鹿げた魔法を使える人物なんて聞いたことがないし、存在しないと思う。だけど、実際に俺達は今、時を止めるという奇妙な攻撃を受けている。

「一体……何が……」

立ち止まり、状況を整理するために思考を巡らせようとするのだが。

「お久しぶりですね、ケネスさん。お元気でしたか？」

突然、そんな声がしたかと思うと目の前に複数の見覚えのある人物が立っていた。

「エルドラ……⁉　それにクリアリーやケミストまで……⁉」

「久しぶりだな。ケネス」

「こんにちは。元気してたかい？」

「一体どうして⁉　お前らは俺が倒して天界へ行ったはずだろ⁉」

そう言うと、三人は肩を竦める。

「私達は神様ですからね。あれくらいで死ぬわけがないでしょう」

あれくらいで死ぬわけがない……か。致命的な一撃を与えたはずなのだが、やはり神とやらはには一時的なものにすぎなかったらしい。全く、笑えてしまう。

「しかしどうしてお前らがここにいるんだ。俺達に用なんてないだろ」

「そうだよ！　もう私達に用はないんじゃないの⁉」

「ですです！」

俺達が声を揃えて言うと、ケミストがにっこりと笑う。

「あるんだよ～それが。まあ、百聞は一見にしかずだよね」

ケミスト達は意味不明なことを言うと、一歩後ろに下がり、空をじっと見据える。

「さて、私達はケネスさんに挨拶できたので満足ですね。それでは、さようなら」

「私達はここまでだ。今度こそもう会うことはないだろう」

「ばいばーいケネスくん。頑張ってね」

「は……？　どういうことだよおい！」

俺は慌てて三人に手を伸ばす。が、俺の手は空を切った。彼らの体は次第に薄れていき、最後には霧散してしまった。

それと入れ替わるように、何者かが俺の目の前に現れた。

誰だ……こいつは。白い、神々しい服を身にまとった老人である。俺のことをじっと睨めつけてきたかと思うと、静かに両手を開いた。

「失礼。彼らには我が地上に降りるために犠牲になって貰った。全盛期とは違って衰えてしまってな。誰かを踏み台にしないと、我は自由に天界と地上を行き来できないのだ」

「て、天界だって……？」

この人は一体何を言っているのだろうか。それに天界って……まさかこの人も神か何かなのか？　だが……エルドラ達を犠牲にしたって言ったよな……？　つまり、なんだ。こいつは地上に降りるためだけに仲間を殺したって言うのか？

「なんだよ……てめえはよ！」

「我はエンドマーク。この世界を支配し、統《す》べる者。エルドラ達のマスターである」

ということは、こいつが神の中で一番偉い奴ってことなのか？　だけど、そんな奴がどうして俺なんかに用があるんだ。

「ところで、お前は疑問に思ったことはないか？　最近起こった身の回りのことだ。少しばかり、自分に都合が良すぎることが起きていると」

「都合が……良すぎる……？」

「ああ。思い当たらないか？　神々の迷宮のことや、直近で言えばアルト伯爵のことだ。あの女はどうやら気が付いてしまったようだがな」

　あの女？　ユウリさんが……？　だが、彼女は確かに言っていた。『何者かによって都合よく』と……。

「分かったか？　全部、全部我がやってやったのだ。お前が神々の迷宮を順調に攻略できたのも、アルト伯爵の一件がこんなにも簡単に終わったのも。全部だ。お前達が貴重な人材だからな。感謝してくれてもよい」

「は……？」

「まあ、神々の迷宮攻略についてはお前の実力が大きい。お前がエルドラを倒し、見込みがあると思ったから手を貸そうと思ったが、その必要はほとんどなかったな」

　確かにこれまでを振り返ってみると、少し都合が良すぎることが何度かあった。だが――それが全部エンドマークと名乗ったこいつがやったことなのか？

「一体どういう目的でそんなことをしたんだ……！」

　叫ぶと、エンドマークは手を広げる。

「お主達が選ばれた人間だからだ。我は探していた、神々を打ち倒すことができるほどの力を持つ人間を。我は望んでいた、そのような人間と共に新たな世界を見てみたいと」

「何が言いたいんだ」

「我と一緒に新しい世界を見てみないか？　劣った生物は皆殺しにし、我ら優れた者だけがたどり着く世界を……！　これを【神々の子計画】と名付けたのだが……ともあれお前達なら興味を持ってくれるだろう？」

そう言って、エンドマークが手を差し出してくる。

……劣った生物を皆殺しにする？　それに新しい世界だって？　なんて野郎だ……こいつは正気なのか？

「さぁ、手を出せ」

こいつは……悪だ。神なんかじゃない。人々が信じ、崇める神なんて存在じゃない。ただの悪魔だ。

「何が言いたいのか分からないけどよ。少なくともお前が邪悪な存在だってのは分かった」

「ほう。つまり何が言いたいのだ」

「その提案、俺は断らせていただく。リリー、カレン。こいつを倒すぞ」

「分かった！」

「了解です！」

俺達は武器を構え、エンドマークに向ける。今俺達が倒すべき存在は、このくそ野郎だ。こいつを倒さないと、今後の世界が危うい。

「ほう……我に危害を加えようとするのか。残念だ。実に残念だ。せっかく親切に力も与えてやったのに、お前達はそれを無下にするのだな」

「悪いが無下にするほどの親切さなんて貰った記憶はねぇよ。さっさと決着をつけよう」

「そうかそうか。お前達は我に勝てると思っているのか。面白い人間だ。実に馬鹿な人間だ」

言いながら、エンドマークはすっと息を吐く。

「言っておくが、お前達に与えた力は元は我の力だ。つまり、お前の中には我の意思が入っているということになる」

「……つまり何が言いたいんだよ」

「お前達の負けだと言っているんだ」

「――なっ⁉」

突然、俺の両頬に冷たい物が当たる。恐る恐る確認してみると、リリーからは銃口を、カレンからは杖を当てられていた。

「一体……何が起きているんだ……⁉」

「ほう。リリーとカレンは我の支配下に落ちたが、ケネスだけは自我を保っているのか。少し想定外だな」

「お前……何したんだよ！」

叫ぶと、エンドマークはニヤリと笑う。

「加護を手に入れた人間はもれなく、我の支配下にあるのだ。洗脳し服従させようとしたのだが……そうか無理だったか。この短期間で加護を自分のものにしているとはな。ならば、無理やりイエスと言わせるまでか」

危険を察した俺が地面を蹴って走り出した刹那、銃弾と魔法弾が飛んでくる。俺は咄嗟に避けるが、動揺を隠せないでいた。

「なんで撃ってくるんだ！　俺達は仲間だろ！」

リリー達に叫ぶが、返事はない。目も虚ろで視線が定まっていない様子である。これ……完全に洗脳されているな。

「さて、リリーとカレン。お前達に命令する。ケネスを服従させろ」

「は……!?　てめえ――」

しかし、次の瞬間無数の銃弾と魔法弾が飛んでくる。しかも銃弾はミスリル合金弾にカレンが補助魔法を発動しているせいで威力が格段に上がっている。神々の加護を存分に利用してきているってわけだ。

殺意高すぎるだろ……！

おそらく防御なんて考えない方が良い。避けるか……もしくは攻めるしか方法は残されていない。

「目を覚まさせるしかないな！」

俺は絶え間なく飛んでくる弾丸を回避し、リリーとカレンに接近していく。あいつらを早く解放してやらないと、俺の命が危ない。

「よっと」

こっちはかなりの時間を彼女達と過ごしてきたのだ。当たり前だが、彼女達の強いところも弱いところも知っている。それは戦闘する時の癖もだ。

リリーは銃弾を撃つ際、偏差撃ちをよくする。もちろん強力な戦法だが、相手の動きを予想して撃っていることになる。だから想定外の動きをすれば、リリーの弾丸は絶対に当たらないのだ。

カレンは補助魔法が得意だが、同時に大胆な動きをするのは苦手な一面がある。特に相手があまりにも上手だった場合、自ら攻撃をすることは滅多にない。

俺が上手だって思われていたらって話ではあるが、どうやらそう思っていてくれたらしい。

俺はあらゆる攻撃を回避し、徐々に二人に近付くと、最後の最後にはリリーとカレンを押し倒すことに成功する。肩を握り、彼女達に向かって叫ぶ。

「早く目を覚ませ！　今の俺達の敵は誰だ！　少なくとも俺じゃないだろ！　力に飲まれるな！　自分のものにしろ！」

俺は何度も何度も彼女達に呼びかける。

「無駄だ。我の力は強大、普通の人間ならば逆らうことなどできない」

「うるせえ！　リリー！　カレン！　お前らの目標はなんだ！　人々の記憶に刻まれることだろ！　いいから帰ってこい！」

「全く。お前も無様だな。ならば我が無理やり、お前に理解して貰うとするか――」

「穿て」

「当たってください」

刹那、轟音が轟く。俺の視界の隅を何かが通り抜けたかと思うと。

「なっ……」

エンドマークに銃弾と魔法弾が直撃していた。

「ミスリル合金弾。あんたから貰った神の力だから、普通に効いてるんじゃないの？」

「私のバフも神の力ですから、きっとリリーさんの銃弾は死ぬほど痛かったですよね」

「お前ら……大丈夫なのか!?」

リリーとカレンが俺の前に立ち、にっこりと笑う。

「おまたせ。ケネスの声、ちゃんと聞こえたよ」

「おかげさまで助かりました。もう大丈夫です」

どうやら二人は無事、洗脳から解放されたようだった。よかった……俺の声ちゃんと届いてたんだな。

「嘘だ……まさかケネスだけではなく彼女達も我の力を自分のものにしたのか……⁉　我の力が……完全に奪われたというのか……⁉」

「ははは！　残念だったなエンドマーク。お前は俺達を甘く見ていた」

そう言って、俺は剣を相手に向ける。

「で、なんだっけか？　【神々の子計画】だったか？　お前のふざけた思想、俺達がぶち壊してやるよ」

「ふは、ふはははは……人間風情が我に勝てるわけがないだろう……！　ならば殺してやる！　我が相手だぁぁぁぁ‼」

エンドマークは手のひらを俺達に向け、何かを詠唱し始める。刹那、巨大な魔法陣が俺達の前に現れた。

「全部壊してやろう！　本当の神の力を見せてやる！」

詠唱が完了した瞬間、巨大な魔力で生成された玉がこちらに向かってくる。俺の身長の何十倍もある大きさだ。あんなのをまともに喰らったら、俺達は間違いなく全滅するだろう。

だけど——これくらいじゃあ俺達が負けるわけがないだろう。

俺は地面を蹴り、巨大な魔力球に向かって行く。

「こんなデカい物を斬るってのは初めてだが――やるしかないしなぁ‼」

剣に限界まで魔力を注ぎ込み、自分が持つバフを全て発動する。

こんな無茶な真似をしたのは人生で初めてだが……今はそれでいい！

「はぁぁぁ‼」

一閃。

俺の一撃により、魔法球は空中で斬り落とされ無効化された。

「リリー、銃弾を頼む！　カレンはバフを！」

その隙を逃すわけにはいかない。

リリーとカレンに指示を送る。

「任せて！　ミスリル合金製五十五口径弾装填！」

「了解です！《神域・攻撃強化》《神域・魔力強化》《神域・一撃強化》」

カレンのバフが体全体に行き渡ったのを確認した後、俺はぐっと手を伸ばす。

「重力魔法！」

「ぬっ……！」

俺が魔法を発動すると、エンドマークの動きが鈍くなる。完全に動きを止めることはできないが、これくらいできれば十分だ。

「リリー！　当てろ！」

「もちろんよ！　穿て！」

リリーが放った弾丸がエンドマークに着弾する。彼は反動で大きく後ろに仰け反り、バランスを崩した。おそらく甚大なダメージを喰らったはずだ。

だから俺は最後の一押しをする。

「終わりだエンドマーク！　お前の計画はもう破綻しているんだよ！」

剣を相手の胸に向かって突き刺す。感触はあった。間違いなく致命傷である。俺はゆっくりと引き抜き、相手を見据える。

エンドマークはよろめきながら、地面に体を倒した。

「な、なんと……我が倒されたのか……！　我の洗脳を自ら絶ち、我に致命傷を与えたのか……！」

エンドマークはぐっと拳を握り、息を吐く。

「神々を打ち倒した人間はやはり違う……か。我の計画は志半ばで終わってしまった」

そう言って、エンドマークは満足そうに拍手をする。

「だが実に面白い！　我は尚更お前達がどうなるのか見たくなってしまった！」

「なんだよそれ」

「つまり【神々の子計画】はやめたということだよ。この世界で、お前達がどのようにして生きていくのが気になってしまった」

「その言い方的に、まだやろうと思えばできるっぽいよな？」

「ははは、もうやらんさ。気が変わったのだ。神は気まぐれだからな」

ふとエンドマークの体を見てみると、次第に薄れてきていた。おそらく消えるのだろう。

「面白い人間よ。お前が生きる世界を引き続き見せてくれ。我はそれで満足だ」

彼はゆっくりとこちらに手を伸ばしてくる。

「握手はしないぞ」

「……ふん。まあよい」

エンドマークは不満そうに鼻を鳴らし、そして俺に告げる。

「さよならだ。強き人間よ」

そんな言葉と同時に、エンドマークの姿は消えた。同時に、世界は再び動き出した。ユウリさんは困惑しながら、周囲を眺めている。

……全く、嵐のような奴だったな。

俺は大きく息を吐いた後、ユウリさんに事情を伝えることにした。

エピローグ

エンドマークが消えた後、俺達は一週間、伯爵城に留まり事後処理をした。

アルト伯爵のこれまでの所業をしたためた手紙を国王陛下に早馬で届けたところ、それが受理され、近いうちに調査隊がやってくるという。

それを知った傭兵を含む兵士達は、あっさりアルト伯爵を見限って革命軍に協力するようになった。

もともとアルト伯爵に人望があったわけではなさそうだしな。当然の結果だ。

それから、いわれのない罪で拘束されていた人々を解放し、城の倉庫に大量に保存されていた穀物を領民に配った。

すぐには無理でも、少しずつ領地は以前のように平和を取り戻すだろう。

「最初は何が起きたのかは理解できなかったが、少なくともアルト伯爵からの脅威は去った！　ケネス達のおかげだ！　みんな！　帰って祝杯をあげようじゃないか！」

「「「うおおおおお‼」」」

事態が一段落した帰路。ユウリさんのかけ声に、革命軍の猛者たちが雄叫びを上げる。

無事全ての脅威は去ったのだ。正直どうなるかと思ったが、無事に片付いて安心だ。

「やったねケネス！　これで一件落着！　この領地ももっと平和になるよ！」

「そうですそうです！　私達やりましたね！」

「ああ。少しは役に立てたかもな」

そんなことを言っていると、ユウリさんが肩を叩いてくる。

「少しどころの話じゃない。ケネス達はこの領地を救ったんだ。少なくとも、私はお前達を英雄と呼ぶよ」

「いやいや。俺は英雄じゃないよ。呼ぶならリリーとカレンだけな」

「全く、謙遜して」

「はは。謙遜じゃないけどな」

俺達は談笑しながら、歩く。何かを命がけで一緒に成し遂げた仲間との会話は楽しいものだ。目的が達成されてしまって、どこか寂しさも覚えるが、それ以上のものがある。

「三人はこれから、どうするんだ？　なんなら私達の街にずっといてくれてもいいんだぞ。みんな歓迎する」

ユウリさんに尋ねられて、俺達は顔を見合わせる。

「ありがたい申し出だが、俺は暇つぶしをしにまた旅に出るよ」

「あたしも、まだまだケネスと一緒に旅をしたいです！」

「私もです！」

「そうか寂しくなるな……でも、お前達に会えて本当によかった。三人のことは一生忘れない。私の記憶に、深く刻まれた」

「だってよ。二人とも」

そう言うと、二人は目を輝かせて頷く。

「嬉しいよ！　誰かの記憶に刻まれるだなんて……光栄だよ！」

「です！　少しだけ、夢が叶ったような気がします！」

「いいこったいいこった！　俺も嬉しいよ！」

俺は二人の肩を摑む。

「これからどうするよ！　今度はもっとすごいことをして、もっと誰かの記憶に刻まれないとな！」

「うん！　今度は何をしよう！　もっともっとすごいことをしないと！」

「えーと！　神々を倒す以上にすごいことってなんですかね？」

なんて話をしていると、ユウリさんは破顔する。

「全く、面白い人達だな」

「へへへ！　そりゃ、誰かの心に刻まれる人間だからな！　な、二人とも！」

「ええ！」

「もちろんです！」

これから、俺達はもっと色々なことにチャレンジする。誰かの心に刻まれることを目標に、更に冒険を続ける。

俺は暇を持て余すただのおっさんで、何も成し遂げることができなかった人間だけど。今は少しだけマシになったような気がする。今は良い仲間も持ったし、リリー達の手助けをして人の心に刻まれるという大きい目標だってある。

これからは、目標に向かって突き進んでいく。リリーやカレンがもっと、誰かの心に刻まれる人間になるまで。
まあ……あくまで俺の気まぐれ。暇人の戯言なんだけどな。

END

novel スピラ

追放されたおっさん、暇つぶしに神々を超える
～神の加護を仲間の少女達に譲っていたら最強パーティが爆誕した件～

発行日 2024年4月17日　第1刷発行

著者　夜分長文

イラスト　ゆーにっと

編集　濱中香織（株式会社imago）

装丁　しおざわりな（ムシカゴグラフィクス）

発行人　梅木読子

発行所　ファンギルド
〒160-0022 東京都新宿区新宿2-19-1ビッグス新宿ビル5F
TEL 050-3823-2233　https://funguild.jp/

発売元　日販アイ・ピー・エス株式会社
〒113-0034 東京都文京区湯島1-3-4
TEL 03-5802-1859 / FAX 03-5802-1891
https://www.nippan-ips.co.jp/

印刷所　三晃印刷株式会社

　ISBN 978-4-910617-22-0　Printed in Japan